D1521404

Amor en la oscuridad

Emmaymar Caraballo Vargas

Colección Destreza

Amor en la oscuridad 2021

© Emmaymar Caraballo Vargas

ISBN-9798738753886

Amor en la oscuridad

Emmaymar Caraballo Vargas

Amor en la oscuridad

Mi nombre es Emma Roger Volteriana, pero prefiero que me digan Emil. Han pasado cuatrocientos años desde que escapé de Inglaterra. Mi vida se ha convertido en odio y desprecio; he perdido a mis seres más queridos, incluso he perdido hasta mi alma. No conozco el significado del amor ni de la muerte, ni siquiera sé qué es la vida por no estar con un ser amado. Ignoro si lo que viví fue una mentira en la que pretendí ser víctima o culpable; solo sé que todo comenzó cuando cumplí los dieciocho años.

El Comienzo…

Nueva Orleans, 19 de agosto de 1768

 Mi madre, Vivian Volteriana Bartolón, era una hermosa mujer de cabello rojo y ojos verdes. Vivíamos en Nueva Orleans y, aunque decidimos mudarnos a Inglaterra, no podíamos olvidar aún lo que había sucedido en aquel pueblo.

Recuerdo que tenía alrededor de 16 años y mi padre, Vlad Roger Sir, unos 59. Este poseía una hermosa cabellera oscura y ojos color café. Todas las noches se marchaba a un bar español llamado La Rosa Negra. Una vez, mi madre se acostó temprano, así que decidí seguirlo sin que él lo notara y me quedé observando fuera del bar. Pude escuchar gemidos de placer que procedían de ese sitio. Algún que otro borracho, con su botella de vino en la mano, salía acompañado de una prostituta. Seguí caminando cerca de allí y encontré a una mujer dentro de una calleja, gimiendo, mientras que el hombre tenía su mano debajo de su traje, en su entrepierna, rozando su sexo con profunda delicadeza. En ese momento se me acercó un borracho con una botella en la mano.

—No debes estar aquí, niña. Ven, yo te llevaré hasta tu casa.

—No gracias —le contesté, pero él se me acercó y me agarró del brazo.

—¡He dicho que no! —le dije, y lo golpeé con mi otra mano.

—¿No escuchaste a la joven? —le preguntó un hombre de ojos azul marino, que tenía un bastón en la mano—. ¡Déjala tranquila!

Entonces sacó un bolso.

—Ten aquí una libra para que sigas saciando tu sed.

El vago tomó el bolso y salió corriendo.

—¿Cómo te llamas? —me preguntó aquel joven.

—Emma, pero mis padres me dicen Emil —le contesté.

—Y a usted, joven, ¿cómo lo he de llamar?

—Laminas —me dijo.

—¡Gracias! —le dije, mientras pensaba: "raro nombre".

—No hay por qué... Nos veremos después, cuando el tiempo lo dicte.

Escuché unos gritos que me distrajeron y, cuando me giré para decirle adiós a aquel caballero, este ya se había ido. Sentí curiosidad y miré por una ventana que estaba medio abierta, logrando ver todo lo que estaba ocurriendo dentro del lugar.

Allí estaba mi padre. Él había apostado nuestra casa, nuestro dinero y hasta nuestras almas, y esos malhechores le estaban reclamando. Lo hizo sin pensarlo; estaba cegado por el alcohol y la desesperación y no quería entregarles nada a aquellos dos hombres. Así que lanzó la mesa y ellos, molestos, tomaron las armas que tenía guardadas y le apuntaron directo a la cabeza.

—Nos entregas todo lo que nos pertenece o matamos a tu familia —acercaron más el arma a su cabeza—. Tienes cinco segundos para decirnos. Uno… Dos… tres… cuatro… El hombre estaba a punto de halar el gatillo.

—De acuerdo, lo haré… Ustedes ganan —dijo mi padre.

Estaba tan asustado que no tuvo más remedio que aceptar entregarles todo. Cuando aquellos hombres se fueron, mi padre salió corriendo desesperadamente para la casa, pero no se había fijado en que yo estaba escuchando todo desde la ventana. Yo también corrí a mi casa antes de que papá se diera cuenta de que yo no estaba allí. Corrí lo más que pude, mientras pensaba: ¿De qué vale la vida si no tienes al lado tuyo al ser que más amas?

Cuando estaba llegando, escuché unos gritos y avancé rápido. Vi la puerta abierta y, cuando entré, encontré a mi padre muerto. Caí de rodillas al piso y grité: "¿Por qué?", pero mi madre no me contestó.

A los tres días de haber enterrado a mi padre, decidimos vender la casa y mudarnos de aquel lugar.

El viaje…

20 de agosto 1768

Los meses pasaron volando hasta cumplirse un año de la muerte de papá. Al llegar a nuestro destino, Inglaterra, residimos en una pequeña casa por un tiempo. En lo que mi mamá conseguía un trabajo, yo me quedaba sola y encerrada. Me la pasaba pintando cuadros y escribiendo en mi diario. Al cabo del tiempo, mi madre consiguió un empleo en una hacienda llamada Los Nataniel.

Al otro día me levanté muy temprano para preparar todo lo necesario y partir hacia la hacienda, donde viviríamos mi madre y yo. Entre mis pertenencias encontré una foto y el pequeño collar que me habían regalado al cumplir los ocho años.

De repente se escucharon ruidos y me acerqué a la ventana; era la carroza que nos esperaba.

—Emil… —me llamó mi madre.

Durante el camino ella y yo estuvimos conversando:

—Emil —me dijo—, eres joven, hija; debes dejar el miedo, vamos a vivir en una hacienda mientras conseguimos una casa grande. Pero ahora necesito que me ayudes. Tal vez si sales un poco más puedas conseguir algún prometido...

—¡Madre, por favor! No estoy en disposición de casarme con ningún hombre —le contesté.

Al fin llegamos. Nos quedamos mirando aquella casa grande de color gris y rodeada de muchos terrenos. La mucama y el mayordomo nos ayudaron a bajar todas nuestras pertenencias. Ya dentro de la casa, un sirviente dijo que debíamos esperar a que los condes regresaran de España. Se estaba haciendo de noche y estábamos exhaustas por haber viajado casi un día. Hasta que nos anunciaron que habían llegado los condes.

Al verlos, me quedé muy sorprendida, no podía creer que fueran tan jóvenes. Tenían una piel muy pálida y sus ojos eran de color azul claro como el cielo.

En ese mismo momento el sirviente nos presentó ante ellos.

—Señoritas, ellos son los condes Nataniel... Mis señores, ellas serán nuestras nuevas empleadas.

Me sentía un poco angustiada porque ellos no decían ni una palabra. Lo único que pasaba por mi mente era que mi madre no iba a ser contratada o que nosotras no éramos lo que ellos esperaban.

Mi madre se presentó.

—Es un honor conocerlos —les dijo.

En ese instante bajaron por unas escaleras que estaban ubicadas después del gran salón, tres jóvenes muy apuestos, de piel pálida igual a la de sus padres. Lo más llamativo de todo era que tenían los ojos más claros que haya visto, de color verde, excepto uno de ellos, que los tenía azul zafiro.

Después bajaron dos mujeres atractivas, muy parecidas una a la otra. Recuerdo que el cabello de ellas era rubio y sus ojos, color verde menta.

—Hola, soy el conde Edward Nataniel Thomas. Ella es mi querida esposa Elizabeth Fernández Vartin. Y estos son mis tres hijos: el mayor es Gabriel; los otros son Tristhan y Danied. Ellas son mis dos amadas hijas: Nathalie, que es la mayor, y la menor es Thalía. Ella es la mucama, Lucy, que está a cargo de la limpieza; Jonathan es nuestro mayordomo, está a cargo de las visitas; Lucian es nuestro cocinero. Por último, esta mi hermana Elena; ella es mi mano derecha y está a cargo de todo durante mi ausencia

—Soy Vivian Volturina Bartolín y esta es mi hija Emma Roger Volturina —nos presentó mi madre.

Gabriel se nos acercó y le agarró la mano a mi madre.

—Les doy la bienvenida a las dos, así que este será su nuevo hogar —nos dijo, besándonos la mano a mi madre y a mí.

—Bueno, ahora Lucy les enseñará sus habitaciones. Si nos disculpan, debemos retirarnos mis hermanos y yo —dijo Gabriel.

—Bueno, mi esposa y yo también debemos retirarnos. Las veremos mañana en la noche —dijo el señor.

—Señoritas, si son tan amables de seguirme —nos dijo Lucy.

El sentimiento…

Todos se fueron a sus aposentos, pero no podía dejar de pensar en ellos. Eran tan diferentes a los jóvenes que había conocido, estos eran muy pálidos y con ojos excesivamente claros, como las tinieblas. Pero en quien no podía dejar de pensar era en Tristhan. Cuando lo vi, sentí algo inexplicable.

Lucy nos dejó en nuestras habitaciones y puse mi maleta sobre el colchón. Me sentí un tanto vacía, no sé si porque estaba sola en mi cuarto o porque no tenía a ese alguien a mi lado. Miré hacia la terraza y pude distinguir que había otra terraza al lado de la mía, pero era aún más grande. Alguien salió afuera de ella; era Tristhan, que miraba las estrellas. Escuché a alguien llamarle y aproveché y entré a su habitación. Me escondí detrás del telón que cubría aquellas inmensas ventanas, sin que él me viera. Me sentí un poco nerviosa al verlo. Miré nuevamente y ya se había ido, como por arte de magia. Así que fui a darme una ducha. Cuando terminé, me dirigí a mi habitación y me quité la toalla, pero sentía que alguien me observaba con firmeza. Lentamente tomé el traje de seda color rubí que había sobre mi cama. Otra vez sentía que había alguien más en mi cuarto. Me aterroricé tanto que comencé a buscar por todos lados. Luego me dirigí a mi terraza a observar ese oscuro jardín de rosas negras, muy llamativas, pero en ese momento alguien tocó a mi puerta; me pregunté quién sería y tuve una gran sorpresa, pues era Tristhan; me sentía muy feliz de verlo, aunque un poco aterrorizada, pues esas no eran horas para visitas.

—¿Tristhan, te sientes bien? —le pregunté, y él hizo un gesto con su rostro.

—Sí, solo quería saber cómo estabas.

—Estoy muy bien, gracias por preocuparte. Solo necesito descansar un poco, eso es todo.

Se quedó observando mis curvas, desde la cintura hasta alzar la vista y llegar a mis grandes senos. Luego levantó su mirada hacia mi rostro nuevamente.

—Discúlpame por haberte interrumpido en tus horas de reposo. Descansa, pues mañana será un largo día —me dijo y se alejó con prisa, sin decir más nada, pero vi algo en su mirada que me atraía. Algo que me insistía en que conociera más de él hasta conocer sus secretos más oscuros.

—Buenas noches —le dije.

La extraña...

A la mañana siguiente me desperté muy temprano. Salí de mi habitación y me encontré con Lucy en el pasillo.

—¿Lucy, has visto a mi madre? —le pregunté, pero ella miraba hacia otra parte.

—Está en la cocina ayudando a Lucian.

— ¿Dónde queda la cocina?

—Sígueme, te mostraré dónde está —me dijo amablemente.

Me quedé sorprendida al ver aquella inmensa cocina. Pero antes de llegar, observé aquella puerta que estaba abierta y, sin que Lucy me viera, entré. Había un cuadro de una hermosa mujer que tenía cierto parecido conmigo, solo que ella tenía el cabello y los ojos oscuros. Me pregunté quién era aquella extraña. Tenía aquel impulso de querer entrar a la habitación, pero, por desgracia, Lucy me tocó el hombro.

—Aquí está la cocina.

—Gracias, Lucy...

Al fin encontré a mi madre, estaba con Lucian. Se veían tan lindos los dos. Hacía tres años que no veía a mi mamá tan feliz después de la muerte de mi padre, por lo que no me atreví a interrumpirlos y me fui dl sitio.

No sabía qué hacer, por lo que decidí dar una vuelta por todo el lugar. Realmente me interesaba encontrar a Tristhan, pero lo más raro era que ni él ni su familia se encontraban en casa. Me sentí un poco triste al no poder verlo, así que comencé a buscar en todos los rincones de la casa. Hallé un enorme salón lleno de libros, espejos y mucha soledad. Y sin que nadie me viera, entré. Lo más interesante era que en ese salón se encontraba un piano de color negro, hermoso y reluciente. No sé cómo, pero tuve el atrevimiento de tocarlo sin tener conocimiento alguno de música.

Me había divertido tanto tocando el piano que perdí la noción del tiempo. La mañana se convirtió en tarde y la tarde se convirtió en noche. Lo más raro de todo era que muchas de las doncellas no limpiaban este lugar. Continué tocando el piano y de repente escuché una carroza, así que fui hacia la ventana para ver quiénes habían llegado. Eran los condes y sus hijos. Continué tocando el piano, esperando a que me escucharan, y volví a sentir que había alguien mirándome, pero esta vez sentí demasiado frío. Dejé de tocar y miré hacia los lados para ver si había alguien. Volví a tocar el piano y, como un suspiro, me hablaron.

—Hermoso, ¿no?

Me sentí nerviosa, era Tristhan. Desde lo profundo de mí sentía una paz cuando estaba cerca de él, pero cuando estaba lejos mis miedos cobraban vida.

—Hola, veo que te diviertes tocando el piano —me dijo.

—Ah... me has asustado. ¿Qué haces aquí? —su sonrisa creció y él se acercó hacia el piano, apoyando sus manos sobre él.

—Esta es mi casa, y te pregunto lo mismo.

— Tocando este hermoso piano.

—¿Y cómo pudiste encontrar el salón real?

—No sé... estaba tan aburrida que busqué en cada parte de esta casa y me topé con este hermoso lugar. ¿Por qué?

—No muchos de los sirvientes visitan este sitio.

—¿Por qué? —él caminaba alrededor del piano.

—Por historias que tiene nuestra familia... ¿Te gusta la música?

—Sí, es que la música es impredecible y representa parte de mi vida. Historias que aún no logran llegar a su fin, al igual que la música; cambio tras cambio, aún nadie termina su melodía. Pero prefiero la guitarra al piano, es un poco más relajante.

Tristhan me pidió que lo acompañara al jardín.

—Me encantaría, Tristhan, pero no puedo.

—¿Por qué? Solo vamos a conversar.

—Me halaga tu invitación, pero estoy muy cansada y es muy tarde. Pero…

— Pero nada, iré más tarde a buscarte. Voy a esperar a que todos se retiren de sus deberes.

—Está bien —mi sonrisa se hizo aún más amplia que la de Tristhan.

Estaba en mi cuarto acostada en la cama, pensando en él. Me acerqué a la terraza y puede ver la luna más de cerca; era tan hermoso verla brillar. Me acerqué a mi espejo para peinar mi hermosa y corta cabellera rubia oscura. Sentía escalofríos en mi espalda y, cuando giré, apareció Tristhan detrás de mí.

—¿Cómo es que has podido entrar a mi habitación sin anunciarte?

—Entré por la terraza —me contestó.

—¿Cómo haces eso? —él se rio.

—Solo es un don que tengo. ¿Quieres acompañarme? —me invitó.

—Está bien —acepté.

Salimos de la habitación y estuvimos dialogando un largo rato en el jardín llenos de rosas rojas.

—¿Tienes algún pretendiente? —me dijo. Me sorprendió su pregunta.

—No tengo. ¿Por qué lo preguntas?

—Es que eres tan hermosa. —en ese instante tenías tantas ganas de besarlo.

—¿Tristhan?

—Sí, Emil.

—¿Te puedo hacer una pregunta?

—¿Cuál? —tenía curiosidad por saber quién era realmente aquella mujer, pero no me atrevía a preguntarle.

—¿De quién era aquel piano? —le pregunté.

—Es mío.

—Cuando toqué tu piano sentí tantas cosas. Tenía una historia triste. Como si una mujer te hubiera roto el corazón.

Me miró fijamente sin decir ni una palabra y me arrinconó contra el árbol cercano.

—¿Cómo podrías saber tú que soy diferente? —me dio la espalda—. Tú no sabes nada de mí.

—Solo digo lo que sentí. Cálmate —le toqué su hombro y sus ojos le cambiaron.

—Tristhan, ¿por qué que cambió el color de tus ojos?

Se giró, dándome la espalda.

—Lamento lo que dije —me disculpé.

—La culpa es mía. Es que aún no logro olvidar ese pasado que sigue vivo, atormentándome.

—¿Te puedo hacer una última pregunta? —me preguntó.

—¿Cuál? —me dijo.

—¿Tuviste una pretendiente antes?

—Sí la tuve, pero eso algo de lo que no me gusta hablar.

—¿Cuál era su nombre?

—Su nombre era Fernanda Cortés y la conocí en España en una fiesta de máscaras. Fue mi primer amor, me enamoré perdidamente de ella.

Toqué su rostro.

—A mí no me interesa tu pasado, me interesas cómo eres ahora —le dije y me le acerqué para darle un beso.

En ese instante apareció su hermano Gabriel junto a una mujer de ojos verde jade, cabello rojo y piel muy blanca.

Gabriel se acercó

—Buenas noches, Emil.

—Tristhan… les presento a Dina Voltorie Lucin — dijo.

—Me debo ir a dormir, así que si me disculpan —les dije. Al retirarme giré y me detuve a observar a Tristhan, pero continué caminando.

Entré a mi habitación y, al ir hacia la terraza, vi que este me había seguido. Gabriel le aguantó la mano.

—Ella no es una de nosotros; déjala ir, hermano, no le hagas daño como le hiciste a Fernanda.

—Tristhan, molesto, le soltó la mano Gabriel.

—Tienes razón, ella no es Fernanda. Ella es diferente y va a ser mía —y le dio la espalda a su hermano.

—¡Tristhan, ¿me escuchaste?! Después no me digas que tenía la razón —le dijo Gabriel.

Yo me escondí detrás de las cortinas para que no me vieran.

El sueño…

Me levanté y, cuando miré afuera, el cielo estaba en tinieblas, aún no había salido el sol. Sentada en una silla, observaba todo, hasta que Lucian apareció y saludó a mi madre de una forma muy extraña. Tomó una manzana que estaba encima de la mesa y se fue. Yo me quedé conversando con mi madre.

—Madre, ¿qué has hecho en estas últimas semanas? ¿Tienes algo con Lucian?

Ella me respondió con serenidad y alegría.

—Sí, hija no puedo mentirte. Estoy con Lucian y nos amamos.

Estaba entusiasmada porque al fin mi madre estaba con alguien que realmente la amaba. Me acerqué a ella, la abracé llena de felicidad y miré hacia la ventana de la cocina. Tristán estaba afuera mirándome. Luego volví a mirar y ya no estaba. Entonces me fui a mi cama a descansar y, poco a poco, me quedé dormida y empecé a soñar.

Recuerdo que despertaba de mi propia ensoñación. Todo mi cuarto era rojo. Al levantarme de mi cama, tenía puesto un traje también rojo. Sin pensarlo salí de allí. Caminé por aquellos oscuros y tenebrosos pasillos. Al fin encontré su hermosa morada y entré a sus aposentos, su cuarto también era de color rojo. Tenía el cuadro de la hermosa mujer frente a su cama. Me quedé esperando en la terraza y alguien tocó mi hombro. Al dar la vuelta, era Tristán, pero él estaba vestido nada más con unos pantalones negros, enseñando su abdomen bien marcado y sus fuertes brazos. Le toqué su rostro y Tristán comenzó a tocarme delicadamente la cara, luego mi cabello, el que sostuvo con mucha fuerza, punzando sus dedos en él. Los dos nos acercamos de manera muy lenta y mi corazón latía fuertemente. Tristán me besó salvajemente y me levantó hasta llevarme a su cama. Me quitó mi traje y se deshizo de sus pantalones. Comenzó a morderme el cuello ferozmente; quise verle su rostro y me asusté. Se había inclinado hacia arriba, abriendo su boca, y tenía los ojos rojos; en vez de tener dientes, poseía unos cuatro filosos colmillos. Se inclinó lentamente sobre mi cuello punzándolos en mí.

Me había levantado asustada de mi cama. Corrí hacia el espejo que estaba en mi habitación y miré mi cuello para ver si tenía algo, pero no encontré nada. Solo había sido un sueño. No pude dormir bien esa noche. Mientras más pensaba en Tristán, más dudas tenía sobre quién era él realmente.

La llamada de la sangre…

10 de agosto de 1799

Al levantarme, aún no había salido el sol. Me quedé todo el día en mi cuarto y tomé mi pintura y mis pinceles para dibujar lo que había soñado. Alguien tocó a la puerta y me pregunté si sería él. Abrí con gran alegría y era Danied, su hermano menor, quien entró a sin permiso.

—Ah, eres tú… —le dije, y él arqueó el ceño.

—¿Esperabas a otra persona? —me preguntó.

—¿Qué deseas? —le dije.

—Pasaba por aquí y quería saber si es verdad que tienes algo con mi hermano.

—No tengo nada, y si tuviera algo con él, no sería de tu incumbencia.

Danied se molestó y me arrinconó contra la pared cercana al balcón. Estaba asustada; quien me interesaba era su hermano y no él.

—Bueno, las sirvientas no dicen eso. Además, eres tan hermosa que cualquier hombre caería rendido antes semejante belleza. Qué lástima que mi hermano te haya encontrado primero.

—Déjame en paz —le exigí.

En ese momento solo pensaba: "Tristhan, ayúdame".

En lo que Danied trataba de besarme, apareció su hermano. Mi corazón se estremeció de alegría.

—¡Danied! —le dijo Tristhan; en su rostro se dibujaba la ira al ver su actitud.

—No fue mi intención, hermano —se justificó Danied.

—Hablaremos después.

Danied se fue muy asustado y molesto. Mi corazón se estremecía más y más. Después que Danied cerró la puerta, Tristhan me miró fijamente, pero esta vez de una forma diferente, que me gustó.

—¿Te sientes bien? —me preguntó.

No le contesté

—Discúlpame por la molestia; mi hermano no es tan caballero, siempre se comporta igual cada vez que aparece alguien nuevo…

—No te preocupes —le contesté, aceptando su disculpa.

Cuando Tristhan se fue de mi habitación y cerró la puerta, me sentí sola de nuevo, como si la oscuridad se llevara mi alma y la muerte me invitara a su reino. Fui al jardín lleno de encantadoras rosas y decidí ir al boque a ver qué había oculto en él. Caminé sin rumbo y divisé una villa a lo lejos, por lo que quise acercarme; en el cielo se veía una hermosa luna llena. Seguí caminando y escuchaba los lobos aullar. Por fin llegué -a la villa; era pequeña, pero lo más interesante en ella era que había personas tocando violines, guitarras y tambores. El resto servía comida o bailaba.

Quise bailar, pero no pude, debido a que había tres hombres que me miraban con miradas de lascivia, por lo que ya quería irme de allí. Cuando me dispuse a hacerlo y me adentré en el bosque, escuché el sonido de unas ramas; al darme la vuelta vi que eran aquellos tres jóvenes que me habían seguido. Comencé a correr, pero tropecé con una rama. No podía ver bien porque todo estaba oscuro y cada vez escuchaba más los lobos aullar.

De pronto me di una caída bien fuerte y me corté la pierna izquierda. Empecé a sangrar y no pude correr más. Los hombres me aguantaron; uno de ellos agarró mis manos, el otro mis piernas, y el último comenzó a besarme a la fuerza. Yo me defendía y le mordí los labios, pero él me dio un puñetazo en la cara. Entonces comenzaron a desgarrar mi vestido blanco y en ese instante alguien apareció desde la oscuridad del bosque. El hombre que me estaba aguantando las manos escapó, al igual que los otros. Me asusté y tenía ganas de llorar. No quería mirar y me cubrí la cara con lo que quedaba de mi traje. Los lobos empezaron a aullar, alguien se me acercó lentamente y me descubrió el rostro. Abrí mis ojos; era Tristhan, quien me abrazó fuertemente.

—No te preocupes. Todo está bien— Me levantó y me cubrió con su camisa—. ¿Puedes caminar?

—No puedo, mi pierna me duele —le contesté.

—Déjame ver.

Al ver mi sangre, su expresión cambió. Sus ojos se volvieron rojos y abrió su boca. Me cargó hasta la casa y, cuando entramos por la cocina, Lucy nos interceptó.

—Oh, por dios, ¿qué sucedió? —él me sentó en la silla, mientras Lucy Limpió la mesa que se encontraba en la cocina.

—Trae algunos paños limpios y una aguja… También unas tijeras.

Lucy lo obedeció; ella estaba asustada, jamás la había visto así.

—Lleva todo a mi habitación —le ordenó, y en eso apareció su hermana Nathalie.

—¿Qué sucedió? —dijo esta con cara de sorpresa.

Me miró para ver si tenía algo fuera de lo normal, pero cuando vio la sangre, giró su mirada en dirección opuesta.

Tristhan se tropezó en el camino con Nathan.

—¿Cómo fue? —le preguntó.

—¡Nathan, no tengo tiempo para explicarte!

Tristhan me llevó su cuarto y me curó la herida. Lucy, a su lado, llenó la jarra con agua y se llevó los paños llenos de sangre.

—Gracias por ayudarme —se levantó de la cama, molesto, se limpió las manos y las secó, al igual que sus brazos.

—¡No debiste ir sola a la villa ¡Te hubieran matado ¿Qué hubieras hecho si no aparezco?

Me molestó la manera en que me habló y le dije:

—¡Sabes, quiero entenderte, pero algunas veces te comportas como un real cabrón!

Abrió sus ojos como los de un sapo. Jamás imaginó que le iba a salir con eso.

—Te agradezco por salvarme la vida. Es… que tú me regañas como si yo fuera una niña

Tristhan me miró y luego se sentó justo a mi lado.

—Lo lamento. Es que me preocupo mucho por ti.

—Pues no lo hagas —le dije.

En ese momento alguien tocó a su puerta. Él fue a abrirla y yo me levanté de su cama y pude escuchar la conversación.

—Tristhan, ¿qué haces?; si los demás se enteran, estaremos obligados…

—No lo voy a hacer, hermana… solo cuando esté preparado…

—¿Preparado para qué? Cuando ella se dé cuenta de quiénes somos, ¿crees que va a querer estar contigo? Además, hermano, ella está enamorada de ti. ¿Eres tan idiota como para no dar te cuenta?

—Lo sé, hermana, pero quiero conocerla más y más, no deseo que le pase lo mismo…

—Lo mismo que a Fernanda. ¡Dios, a veces eres tan melodramático! —dijo con un gesto de burla.

—No lo voy a hacer.

Pero cuando quise acercarme más a ellos para escucharlos mejor, llegó Lucy y entonces Nathalie se retiró, parecía muy molesta. Corrí como pude a la cama para que él no se diera cuenta de que los había estado oyendo.

—Lamento lo que pasó hace rato… Es que a veces mi ira me controla.

—Sabes, trato de entenderte, solo que estoy cansada de tus enojos y de que te desaparezcas a veces como si nada.

—Espero que me perdones, es que ha pasado tanto tiempo que… —se levantó de la cama, me dio la espalda y me levanté.

— ¿No habías conocido a otras mujeres después de Fernanda...? ¡Me voy a mi habitación, estoy cansada! —le dije.

Me agarró de la mano y me arrinconó en la puerta.

—No te vayas, no quiero quedarme solo —me tocó la cara—; eres tan parecida a Fernanda que no quisiera perderte como a ella. No volveré a perderla otra vez.

Abre mi corazón, porque está enterrado entre las tinieblas.

Toma mi alma, porque ya está negra.

Toma mis labios, porque quieren ser callados por la decepción de las palabras.

Toma mis manos y arráncamelas, porque ya no quiero sentir el dolor, solo la muerte.

Toma mi sangre, que es mi vida, porque no quiero vivir en este infierno que habito cada segundo.

Toma mi alma para que no la pueda encontrar; llamo a la muerte porque no tengo amigas, solo la soledad que me acompañar cada día.

Le acaricié sus mejillas. Nos acercamos poco a poco hasta que nuestros labios rozaron y nos besamos. Me rodeó la cintura con sus manos y acarició mi cabello. Luego me levantó y me llevó hasta su cama. Comenzó a acariciarme entre las piernas suavemente. Sus labios besaban los míos salvajemente.

—Tristhan… —en ese momento entró su hermano Gabriel.

—Creo que interrumpí algo. Te espero afuera… —se detuvo.

—No te preocupes, ya yo me iba.

—Me tuve que ir de su habitación. Cerré la puerta y me quedé para poder escuchar la conversación. Ellos empezaron a discutir, pero no escuché bien lo que dijeron, pues estaba algo cansada.

Al llegar a mi habitación, Thalía apareció.

—¿Podemos hablar? —me dijo.

Me asusté mucho porque jamás hablaban con ella. Cordialmente acepté su propuesta, así que la acompañé hasta su cuarto. Allí había un hombre sentado en el sillón, que parecía ser su amante. Me senté en la silla y ella lo hizo al lado del joven.

—Dime —me preguntó—, ¿te gusta mi hermano, no?

—No tengo nada con él, solo una amistad.

—Solo te digo… que deberías saber la verdad.

—¿A cuál verdad se refiere, milady?

— ¿Sabes por qué mi hermano está…?

—No, milady, ¿acaso su hermano…?

—No sabes quiénes somos nosotros, o por qué salimos en la noche y no durante el día...

—No, milady no, comprendo.

—Nosotros somos… —En el momento en que Thalía me iba a contar toda la verdad, apareció él.

—¡Thalía! —Tristhan gritó su nombre.

Se detuvo y miró a su hermano asustada. Una carcajada salía de la boca de Thalía. La agarró por el brazo derecho.

—Ahora no.

—¿Cuándo, hermano? —de un tirón soltó su brazo.

—Cuando yo esté listo. Callaré nuestro secreto hasta que se entregue a mí, hermana.

Salió otra carcajada de ella. Tristhan tomó mi mano y me sacó de la habitación.

—Como te plazca, hermano, solo… no esperes mucho tiempo.

Me acompañó gentilmente a mi cuarto y, al dejarme frente a este, me tomó la mano y me dio un beso muy gentil.

—Buenas noches —le dije y me sonrojé.

—Buenas noches —me contestó.

Se retiró y yo entré a mi habitación pensando en él, como todas las noches. Fui a bañarme, me puse mi traje y me fui a descansar tranquilamente.

Su historia…

Comencé a buscar a mi madre, pero no la encontré por ninguna parte. Le pregunté a Jonathan si la ha visto, pero él se quedó callado.

—Su madre esta con Lucian en su cuarto —me dijo.

—Gracias, iré a buscarla.

Un enojo corrió por mis venas, pero no le dije ni una palabra y la esperé en la cocina, hasta que apareció.

—¿Dónde estabas anoche? —le pregunté molesta.

—Estaba en mi cuarto… ¿Por qué lo preguntas, hija?

—¿Segura?

—Estaba con Lucian… pasé la noche con él.

—Pasaste la noche con Lucian, ¿y con quien más te has acostado?, ¿con Jonathan también?

En ese instante mi madre levantó su mano y me dio una bofetada. Comenzó a llorar y me fui de la cocina.

—¡Emil! Vuelve, hija, no era mi intención.

Sé que le falté el respeto a mi madre, nunca le hubiese dicho eso, pero estaba muy molesta. Caminé hacia el salón, abrí puerta sin que nadie me viera y comencé a tocar el piano un buen rato. Aún el sol no salía; todo estaba lleno de tinieblas. Lo único que recordé fueron estas palabras:

Abre mi corazón, porque está enterrado entre las tinieblas.

Toma mi alma, porque ya está negra.

Toma mis labios, porque quieren ser callados por la decepción de las palabras.

Toma mis manos y arráncamelas, porque ya no quiero sentir el dolor, solo la muerte.

Toma mi sangre, que es mi vida, porque no quiero vivir en este infierno que habito cada segundo.

Toma mi alma para que no la pueda encontrar; llamo a la muerte porque no tengo amigas, solo la soledad que me acompañar cada día.

Continué tocando el piano, pero luego escuché un violín. Me preguntaba quién era el que lo tocaba, así que me levanté y busqué esa hermosa melodía. Aún el sol no salía, parece que se ocultaba entre las tinieblas. Yo seguía escuchando la melodía, venía desde fuera, del jardín. Me fui acercando hasta que al fin encontré de dónde venía. Observé que, en el jardín, se encontraba una pequeña plaza y continué caminando. Quien estaba tocando el violín era Tristhan.

Era tan hermoso verlo así. Me acerqué tanto como pude y él se detuvo. Abrió sus hermosos ojos y se quedó sorprendido de verme.

—Qué hermosa melodía, y más hermoso es quien la toca. No debes tener miedo porque estoy aquí contigo —le dije.

Se quedó sorprendido y comenzó a hablar:

—Te contaré la verdad, ya no puedo callarla, necesito que conozcas quién soy.

—Estoy aquí... solo me la tienes que decir.

Tan caballeroso como era, me pidió que tomara asiento, así que me senté.

—¿Recuerdas la noche en que te conté acerca de Fernanda? Pues por ahí viene mi historia.

— ¿A qué te refieres...? —le pregunté.

—Una vez mi familia y yo fuimos a España. Mi padre necesitaba dinero, así que empezó a trabajar con la familia Cortez, que eran los padres de Fernanda. Una noche mi padre fue al bosque a cazar y de repente se le acercó una mujer.

—¿Quién es usted? —preguntó él.

—No tengas miedo, solo quiero que me ayudes...

—¿En qué puedo servirla, señorita…? —le dijo mi padre.

Él me contó que ella se le acercó y le quitó el arma. Luego empezó a morderlo por el cuello hasta hacerlo desangrar. Cuando se despertó, la mujer, que se había alimentado de él, le dijo:

—Bebe de mi sangre o morirás —y extendió su muñeca—. Él se resignó y la obedeció, pues ella le insistió: "Debes beber mi sangre; si no, morirás y no podrás estar con tu familia".

Mi padre se alimentó de su sangre. Al terminar, se levantó, pero se había caído y se arrastró hasta llegar al lago cercano del bosque. Se miró en el agua y se dio cuenta de que sus facciones habían cambiado, que su piel era muy blanca y estaba fría, que sus ojos ahora eran verdes y que su cabello estaba más largo.

—Es hermoso, ¿no crees? —le dijo la mujer, que había aparecido nuevamente.

—¿Quién ere tú? —una carcajada salía de sus labios seductores.

—Soy la hija de Nosferatu… una vampiresa, una criatura que solo sale por la noche. Una ser que solo se alimenta de sangre humana.

Mi padre se quedó callado.

—Puedes regresar solo cuando no puedes revelarte ante ellos, si tú lo deseas.

Esa noche ella le estuvo enseñando a mi padre algunas cosas simples que le serían de gran ayuda, hasta que amaneció.

A lo lejos alguien gritó su nombre y, cuando mi padre se dio la vuelta para ver quién lo llamaba, se percató de que era uno de sus sirvientes más leales.

Ella se había ido y él no sabía qué hacer.

Otra noche mi padre había ido a alimentarse de sangre, pero no se fijó que mi madre lo había seguido. Mi madre se asustó tanto al verlo con tanta sangre, que salió corriendo, pero unos lobos alcanzaron a mi madre. Ella siguió corriendo, pero los lobos empezaron a morderla y empezó a gritar, hasta que mi padre llegó a salvarla. Lanzó a los lobos contra un árbol, ocasionándoles la muerte. Estaba agonizando, así que no tuvo otra opción que convertirla en vampiresa; luego se levantó y le enseñó todo lo que a él ya le habían enseñado.

Mis hermanos y yo ya éramos mayores cuando nos convirtieran en vampiros. Mi hermano Gabriel se había enamorado de una joven que estaba comprometida; pasó la noche con ella y el prometido de ella los encontró a ambos y lo retó a un duelo, matándolo. Mi hermano Danied tenía un romance con una de las hijas de duque Carlo Montero y, cuando una noche este los vio juntos, mandó a asesinar a mi hermano. Este pudo lograr escapar, pero estaba mal herido. A mí fue por culpa de Fernanda.

Viviendo aún en España, un día me escapé de casa y me fui con unos amigos a una fiesta de máscaras.

Cuando mis amigos me dejaron solo, yo me quedé mirando a una dama muy hermosa y decidí perseguirla. Habíamos salido de la fiesta. Corrimos rápidamente por las calles y ella se escondió.

—¡Boo! —se me acercó por atrás, la arrinconé a la pared y me le acerqué.

—¿Cómo te llamas? —le pregunté.

—Fernanda Cortez, ¿y tú…?

—Me llamo Tristhan… ¡Tú eres la hija del jefe de mi padre! ¡Pero qué pequeño es este mundo! No imaginé que fueras tan sensual.

Ella me besó.

Estuve toda la noche conversando con ella, pero la chica debía irse. Le pregunté dónde vivía y me indicó cómo podía llegar a su casa, y entonces se fue. Al otro día me presenté allí. A partir desde ese momento, yo y Fernanda comenzamos a salir juntos. Una noche, estando ella y yo acostados juntos, me pidió que me fuera porque no quería que su padre se enterara de lo nuestro. Me fui de su habitación muy enamorado de ella. Cuando volví al otro día, Fernanda estaba con otro hombre. Pasaron dos semanas y no quería visitarla, pero por más que me lo negara, muy adentro de mí la necesitaba.

Al cuarto día fui a su casa, esta tenía muchas decoraciones blancas y entonces entré sin que nadie me viese. Fui hacia su habitación y, cuando entré, Fernanda estaba vestida de blanco.

—¿Por qué, Fernanda? ¿Por qué me hiciste esto? — le pregunté.

Ella se sorprendió de que yo estuviera en su habitación.

—¡Tristhan!... ¿Qué haces aquí?...

—¿Por qué? —la agarré por los brazos sacudiéndola, casi llorando.

—¿Por qué?... ¿por qué? —una carcajada salía de sus labios y de un tirón la solté.

— Eres una maldita pu...

—De hecho, no una puta, mejor una zorra en busca de un pequeño e ingenuo cachorro.

Se me habían salido unas lágrimas. Ella me dio la espalda y se sentó junto a la silla que quedaba cerca de su espejo. Sacó un lápiz labial color rojo, se pintó los labios y me observó desde el espejo,

—¡Ay, por dios!, qué patético eres. ¿No te lo han dicho...? No te preocupes, seguiremos siendo amantes. Solo me caso por interés.

Comencé a llorar, me molesté tanto que le dije:

—Prefiero estar muerto antes de estar contigo.

—Me retiré de su habitación y ella me llamó:

—¡Tristhan!... ¿A dónde vas?... No he terminado contigo.

Cerré su puerta de mala gana y ella comenzó a llorar como una maldita puta. Me marché a un bar cercano a beber unas copas, como nunca lo había hecho. Encontré una soga afuera del bar y la tomé. Me fui a un árbol cercano. Arrojé la soga encima del árbol, me trepé a mi caballo, me la amarré por el cuello para ahorcarme, ordenando a mi caballo que se moviese. En eso apareció mi hermano Gabriel.

—¿Quieres morir? —me preguntó.

—Prefiero morir antes que vivir con la culpa de haberme enamorado.

La noche…

Fue ahí cuando me convertí en lo que soy, un vampiro. Mi hermano Gabriel me enseñó todo lo que mi padre le había enseñado. Fue mi maestro durante un largo tiempo. Pasaron unos días y quería ir ver a Fernanda. Llegué a su casa y encontré a una de sus sirvientas.

—¿Se encuentra Fernanda? —la mujer abrió sus ojos:

—¿Usted no se ha enterado aún?

—¿De qué hablas?

—La señorita está muerta —una lágrima salió de mí—, desde hace como tres meses… Después de haberse casado.

Le agradecí a la sirvienta su información.

Esa noche lloré mucho. Estaba tan rabioso que comencé a asesinar a personas inocentes, por diversión.

Tristhan se levantó del banco y empezó a llorar. No pude decirle nada, estaba asustada.

—No me importa qué eres y lo que haces, solo quiero estar contigo —acaricié su mejilla unos segundos. Él se apartó de mí.

—¿Ves mis manos? Han asesinado a personas inocentes.

—No me importa, solo te quiero a ti…

—¿A mí…?

Se alejó dándome la espalda. Toqué su hombro y pude notar que sus hermosos ojos cambiaron a rojo claro y abrió la boca, de la que salieron unos colmillos. Me asusté tanto que salí corriendo. Me había seguido hasta el otro extremo del jardín. Cubrí mi rostro con mis manos heladas. Solo era cuestión de minutos para ser asesinada.

Abre mi corazón, porque está enterrado entre las tinieblas.

Toma mi alma, porque ya está negra.

Toma mis labios, porque quieren ser callados por la decepción de las palabras.

Toma mis manos y arráncamelas, porque ya no quiero sentir el dolor, solo la muerte.

Toma mi sangre, que es mi vida, porque no quiero vivir en este infierno que habito cada segundo.

Toma mi alma para que no la pueda encontrar, llamo a la muerte porque no tengo amigas, solo la soledad que me acompañar cada día.

Estaba muy cerca de mi cuello. Se tranquilizó y sus facciones cambiaron.

—Te amo tanto que no quiero perderte.

—Estoy tan enamorado de ti que no dejo de pensar en ti en cada segundo —le respondí.

Agarró mi cabello y me besó. Sus labios rozaron los míos y nos besamos como dos criaturas salvajes. Me cargó hasta a su habitación, acostándome en su cama. Rápidamente se quitó la camisa y me empezó a morder el cuello. No podía creer que esto era real. Me levantó el traje hasta dejarme desnuda. Acarició mis piernas, subiendo poco a poco hasta llegar a mis senos, luego se detuvo hasta inclinarse hacia arriba y sacó sus colmillos.

—Hazlo.

Me punzó con su colmillo arriba de mi seno izquierdo, cerca del corazón. Escuchaba mis propios gemidos, sentía aquellos filosos colmillos en mí desgarrándome la carne, para enriquecer el dolor como nuestro amor, marcándome como el fuego de nuestra pasión.

El éxtasis llegó hasta su punto de excitación, continuaba bebiendo mi sangre con mucho deseo. Contra su voluntad se detuvo. Miré su rostro y estaba cubierto de sangre. Se acercó y me besó con mucha lujuria. Yo también estaba llena de sangre, así se mordió su mano y me dio de su sangre. Comenzó a beber de su dulce manjar. El sabor prohibido de la vida. Continuó bajando hasta llegar a mis entre-piernas y mordió mi muslo derecho. Por nada del mundo quería que se detuviera. Subió hasta llegar a mis labios, moviéndose dentro de mí. La noche se volvió salvaje y pasamos mucho tiempo juntos en la cama.

Me sentía cansada. Nuestros corazones se unían nuevamente. Estaba recostada en su pecho y pude ver que toda la cama esta retorcida.

—Siempre el destino nos une, esta noche eres mi alma perdida —dijo y tocó mi rostro—. Tú serás mi amado para toda la eternidad, no voy a perderte, te doy mi palabra. Eres todo para mí, eres sangre de mi sangre... carne de mi carne... amor de mi amor... Somos la belleza y la oscuridad.

—Estaremos juntos para siempre.

Nos miramos fijamente con pasión y ternura, to-cándonos nuestros rostros.

La decisión...

Al despertar, me levanté de la cama miré a mi alrededor para ver si aún él estaba conmigo. Pero no era así, solo había pasado por mi mente esa posibilidad. "Él no me ama —me dije—, solo quiso buscar consuelo conmigo, solo me utilizó".

Caminé hacia el balcón mientras me preguntaba: "Que sería la vida si no existiera la muerte". Sentía que la muerte me acompañaba y que siempre estaría a mi lado. En ese momento alguien abrió la puerta y, cuando miré, era Tristhan con mi desayuno.

—Aquí te traigo el desayuno, no sé si esto te gusta... Hay dos huevos, pan y jugo — yo me quede mirándolo.

—Gracias, pero no tenías que hacerlo.

—No te preocupes. Hacía mucho tiempo que no hacía el desayuno después de mi muerte. Solo sé que esta vez será diferente.

—Te amo... —me dijo, se me acercó y me besó.

Todo esto parecía un sueño, era todo tan romántico y tan especial que ahora no tenía dudas de su amor.

—Yo también te amo y daría mi vida por ti —le contesté—.

—Mi tristeza quedó en el pasado; ahora la vida me brindó otra oportunidad y esa eres tú, es como si mi amada Fernanda hubiese vuelto de la muerte, como si la amara una vez más.

Mi corazón lloraba cada vez que lo escuchaba, era tan trágica su historia que no quería oírla, me hablaba como si yo fuera ella. Nadie volvería a separarnos por mal que fueran nuestras vidas.

Se marchó de la habitación, pues tenía que hablar con sus padres. Luego de haber desayunado me fui de su habitación. Quería buscar a mi madre para pedirle disculpas por lo que le había dicho. La encontré en la cocina y me senté en la silla que estaba junto a la mesa.

—¡Mamá!, ¿podemos hablar? —le pegunté.

Ella estaba molesta conmigo y me ignoraba.

—¿Para qué, para que me digas lo mismo de ayer?

Yo me sentían terrible por lo que había hecho. Ella se sentó en la silla al lado mío y yo tomé sus manos.

—Solo quiero disculparme por lo sucedido. Fui muy dura contigo. Me sentía molesta. Pero pensé bien las cosas, te pido te que me perdones. Aún no he podido olvidar la muerte de mi padre. Compréndeme, es muy difícil para mí. Te has sacrificado por mí y no supe cómo agradecerte. Solo espero que seas muy feliz con Lucian.

Mi madre comenzó a llorar de felicidad, porque nunca pensó que yo le hablaría de esa manera. Entonces me abrazó y me dio muchos besos.

—Me siento muy orgullosa de ti por ser una hija ejemplar. Te pareces tanto a tu padre.

Lucian y Tristhan nos miraron desde la puerta de la cocina. Lucian llamó a mamá y la abrazó, ella se limpió sus lágrimas. Tristhan me pidió que lo acompañara y mi madre me miró con una sonrisa de oreja a oreja. Caminamos juntos por el jardín mientras nos mirábamos mutuamente, ¡era tan romántico vivir ese momento!

Tristhan me llevó hasta la pequeña plaza que había frente a su jardín. Se arrodilló ante mí y me tomó la mano.

—¿Qué haces? —le pregunté.

—Emil Roger… ¿me harías el honor de ser mi esposa?

Yo estaba llorando de alegría, no sabía ni qué decir.

—Sí, acepto —él sacó de su bolsillo una hermosa sortija plateada con un rubí, me abrazó, me levantó con sus fuertes brazos y con alegría me besó.

—Ahora puedo ser feliz para siempre, hasta que la muerte no separe.

Sí, tuvo toda la razón, la muerte nos separó, solo que aún no había pasado, pero les seguiré contando qué fue lo que sucedió el día de nuestra boda.

Felices, fuimos a contarles las nuevas noticias a nuestros padres. Entramos a la casa abrazados, como hojas que caen en otoño y se juntan en el suelo por más separadas que se encuentren, y solo el viento las separa, solo el sol las desvanece. En eso apareció Lucy.

—¿Has visto a mi madre? —le pregunté.

—No, señorita —me dijo.

—Lucy, por favor, llama a todos y avísales que tenemos una gran noticia que anunciarles —le pidió Tristhan.

Lucy rápidamente fue avisarles a todos.

—No importa lo que pase, solo importa que nos amamos. Quiero estar solo contigo   —me aseguró mi amado.

Yo solo pensaba en lo que él me había dicho: "Qué sería la vida si no estás con un ser amado. Entonces de qué vale morir si no es por una razón justa".

Lucy apareció.

—Sus padres vendrán en unos momentos —nos dijo.

—Gracias, Lucy —le agradeció él.

Al momento apareció toda su familia y luego llegó mi madre junto a Lucian. Mi amor les pidió que tomaran asiento, pues tenía una gran noticia que darles. Todos nos miraron fijamente, callados; la única que habló fue la condesa Elizabeth.

—Hijo, ¿cuál es la noticia que nos quieres dar con tanta urgencia?

—Esta noche mi amada Emil y yo decidimos que nos uniremos en santo matrimonio. Quiero que nos casemos dentro de poco tiempo.

Su padre se levantó de la silla.

—Bueno, hijo, si es lo que quieres, entonces apoyaré tu decisión. Los felicito. Y a ti, Emil, te doy la bienvenida a nuestra casa.

Mi madre se levantó de la silla; estaba tan sorprendida que me abrazó. Miró a Tristhan y le dijo:

—Espero que hagas muy feliz a mi niña. Bienvenido a nuestra familia.

Gabriel también habló:

—Felicidades, hermano, deseo que sean muy felices. Solo espero que esta vez escuche más a Emil.

—Gracias, hermano, por tu apoyo, tus palabras me han servido de mucha ayuda.

Mientras mi madre me abrazaba, escuché a Gabriel decirle a su hermano:

—Solo espero que no la maldigas como nosotros, que somos y seremos malditos hasta la eternidad. No olvides estas palabras, hermano: "Solo si anhela con ansias la muerte".

Su hermano Gabriel lo abrazó y se marchó con su amada Dina. Yo miré a mi amor llena de felicidad y él sonrió, pero sé que tuvo que fingir que estaba feliz para que no me diera cuenta de su tristeza.

Después todos nos abrazaron y felicitaron: Thalía y Nathalie, las hermanas de Tristhan, Gabriel y Danied:

— "Eres muy afortunada, debes estar feliz, ahora vas a estar en nuestra familia, vas a ser uno de nosotros -me dijo Nathalie.

Thalía me dijo:

—Espero que te quede claro que, una vez que entras, no hay marcha atrás —luego se marchó, molesta; me quedé asombrada, pero Nathalie rápidamente me dijo:

—No le hagas caso a mi hermana, solo está molesta porque te dieron una oportunidad en nuestra familia -cuando Nathalie me estaba hablando, apareció Danied.

—Felicidades por ser la prometida de mi hermano, qué afortunado es. Lástima que no te tuve primero; espero que mi hermano sepa cómo corresponderte.

—Gracias, pero, ¿por qué eres así conmigo?, ¿qué te he hecho para que te comportes así?

—Tú no sabes nada sobre mí, de por qué soy así….

En eso, apareció mi prometido.

—¿Estás bien?, ¿pasa algo? —me preguntó.

—No pasa nada, hermano, solo felicitaba a tu prometida. Felicidades, que sean muy felices los dos —le contestó Danied y se fue con la mujer que lo acompañaba esa noche. Era una chica muy blanca con el cabello negro y los ojos verdes. Cuando Tristhan dio la vuelta porque su padre lo había llamado, yo miré a Danied, quien ya había subido las escalaras con su amada. Tristhan me susurró al oído:

—Su nombre es Leonarda Montes. Mi hermano la conoció cincuenta años después de su muerte. Él y yo tenemos problemas porque él estaba enamorado de Fernanda y ella me correspondía a mí y no a él. Desde que Fernanda murió, mi hermano y yo nos odiamos. Luego él conoció a Leonarda, en un festival en Italia. Pasaron los meses, se enamoraron y Leonarda estaba a punto de morir. Esa noche mi hermano estaba tan triste que decidió convertirla en vampiresa.

—Al único que amo es a ti —le dije—. Yo soy tu presente y eso es lo que importa.

Gabriel también nos felicitó:

—Estoy tan feliz por los dos.

Yo me tuve que reír y Gabriel me besó a mí y abrazó a su hermano.

Dina me abrazó, y me expresó lo alegre que estaba por nuestra unión.

—Espero que no lo defraudes y lo hagas muy feliz —me dijo.

Gabriel abrazó a Dina y la besó con gran alegría. El conde Edwuard nos dijo a todos lo feliz que estaba y le pidió a Lucy que trajera unas copas para brindar por este festejo. Nos sentíamos muy felices. En eso llegó Lucy con las copas y el vino y, mientras nos repartía las copas, Jonathan nos servía el vino. Edwuard y Elizabeth hicieron un brindis.

—Yo y mi esposa Elizabeth estamos muy contentos esta noche. Solo esperamos que tú, Emil, le correspondas a nuestro hijo. Y tú, Tristhan, esperamos que ames a tu futura esposa. Así que brindamos por los novios.

Todos levantaron las copas.

—¡Por los novios! —exclamaron.

Todos bebieron. Jonathan recogía las copas y yo miré a mi madre, que estaba junto a Lucian. Pude ver que Lucy estaba mirando a mi madre y a Lucian con odio.

Al terminarse la celebración, me quedé sola y me detuve a pensar: "¿Por qué tanto odio? Una mujer debe amarse como es. Sé que no es fácil… solemos ser cobardes por no ser capaces de asumir nuestras responsabilidades".

La sentencia….

Aún recordaba la mirada en Lucy, esa noche vi odio, rencor y hasta la muerte en sus ojos. Creo que ella estaba celosa de mi madre y era capaz de todo para ganarse la felicidad.

Al día siguiente fuimos a un castillo en las afueras del pueblo. Pero no tenía la menor idea de qué se trataba esa visita. Tristhan me tomó de la mano.

—No tengas miedo —me dijo.

Entonces mi amado y yo nos bajamos de la carroza y nos dirigimos hacia el grande y tenebroso sitio. Mi novio me dijo:

—Lo que ves aquí es nada más y nada menos que el catillo de las leyes vampíricas. Aquí habitan los descendientes de los primeros vampiros. Ellos son nuestros padres. Te traje para que nos concedan la petición de nuestro matrimonio. Emil —continuó—, lo otro que no te he dicho es que soy un príncipe … Lo ocurrido con mi padre fue desde el comienzo de la historia.

—Cómo, ¿también tenemos que casarnos por sus leyes?

—Sí, Emil.

—¿Pero por qué no podemos casarnos por la iglesia?

—Si lo hacemos, sería contra la ley, y si nos casamos sin su permiso, entonces seríamos castigados.

—¿Por qué?

—Porque los humanos no deben saber de nuestra existencia. Si nos casamos de noche sería muy sospechoso para los humanos. Seríamos atrapados por los cazadores. Ellos son los responsables de nuestro exterminio, nos han perseguido desde el comienzo de la historia; solo ellos saben de nuestra existencia.

—¿Por qué no me dijiste esto antes?

—Porque no quería preocuparte.

Jamás imaginé que hubiese leyes vampíricas en este pequeño mundo. Ni siquiera bodas, ni reyes, ni evangelio vampírico.

A la entrada del castillo había dos hombres muy serios mirándome. Cada vez que caminaba junto a Tristhan, más y más vampiros me asechaban. Este sitio era su gran morada.

Las leyes vampíricas…

Solo fue el comienzo de nuestra sentencia. Una sentencia que nos aniquilaría hasta la eternidad.

Tristhan estaba asustado porque creía que no aceptarían nuestra unión. A medida que nos acercábamos, más nos miraban fijamente los vampiros. Nos detuvimos, Tristhan quería presentarme a una tía. Cuando la vimos, esta lo saludó con gran alegría.

—Tristhan, ¿qué haces aquí? —le preguntó.

—Tía Margaret, le presento a mi prometida Emil Roger.

Su tía me miro con gran alegría, pero algo misteriosa.

—¡Tristhan! Ella es una humana, conoces las leyes.

Yo intervine.

—¿Por qué dice eso? ¿De qué habla, Tristhan?

Tristhan se rehusaba a decirme y Margaret habló:

—Un vampiro jamás debe revelarse ante los humanos porque, si lo hace, está sentenciado a muerte. Al menos que el vampiro convierta a su humana en vampiro también, lo cual es una decisión que solo el humano debe tomar. Solo si el vampiro elige a esa humana como su real compañera para la eternidad.

—Callada estoy y callada me quedaré; ahora que me han contado algunas de sus leyes, no sé ni qué decir.

Margaret me dijo que no tuviera miedo, que me quedara tranquila, pues los vampiros son pocas veces piadosos.

Comenzaron a llamar a todos. Yo le agarraba la mano de Tristhan, pues estaba aterrorizada: yo solo era un solo humano frente cientos de vampiros. Margaret tomó mi mano.

—Ven, acompáñame —me dijo y me llevó hasta donde estaban los líderes de las leyes vampíricas. Tristhan me miró y me dijo:

—Todo va a salir bien, no te preocupes.

Caminé junto a Margaret hacia donde estaban los vampiros más viejos, para ser presentada. Ella se arrodilló y me pidió que hiciera lo mismo, pues eran los reyes. Estos nos dijeron:

—¿Qué nos pedirá esta noche, Margaret? —preguntó el rey.

—Mi señor, quiero que esta humana tenga un matrimonio con el vampiro Tristhan de Nataniel.

El rey se levantó de la silla:

—Todos saben que está prohibido tener algo con los humanos. Al menos que el vampiro le dé la opción de convertirla en una de nosotros. Solo si el humano pide la muerte y el vampiro acepta las condiciones que deberá asumir, será permitido. Esas son algunas de nuestras leyes. Todos los vampiros gritaron.

—¿Dónde está el vampiro Tristhan?

— Aquí, mi lord —los vampiros lo observaron.

—Ven, acércate, hijo.

Tristhan caminó hacia el rey y se inclinó ante él.

—Aquí estoy, mi señor; he venido hoy a pedirle su autorización para podernos casar mi prometida y yo. Mi señor, os pido que me deje unirme a esta simple humana en matrimonio.

Todos los vampiros nos miraban fijamente; tuve la impresión de que nunca habían concedido una unión entre humanos y vampiros. En ese momento la reina se levantó de su silla y le tocó el hombro a su rey; todos los vampiros se arrodillaron.

—En tantos años nunca había visto un humano tan enamorado de un vampiro. Incluso, solo los vampiros buscamos un compañero para compartir la eternidad o el placer, y si nos unimos es porque elegimos con quién estar. Cada vampiro tiene una historia oculta, pues somos la muerte.

—Solo quiero la unión con mi amado. No me prohíban esto por ser diferente. Pero si debo morir, quiero morir con él.

La reina Lilith no tuvo más palabras que decirme y el rey Caín nos miró a mí y a Tristhan. No podían creer que un inmortal estuviera con una humana. Solo sé que los vampiros buscan víctimas y compañía para la eternidad, pero pocos se enamoran de un simple humano.

Los vampiros nos miraban, pero Tristhan me sujetaba la mano.

—No te preocupes —me tranquilizó. La reina pidió que guardaran silencio.

—¡Dejen este salón todos, excepto ellos tres! —ordenó.

Todos se fueron excepto Margaret.

—Tristhan —le dijo—, cometiste una falta contra nuestra ley. Esta vez te perdonaremos, pero existe una condición.

El rey Caín habló:

—Nuestra condición es que, una vez que se casen, deberás convertirla en una de nosotros. Si no lo haces, deberás ser castigado junto a la humana. Esas son nuestras órdenes. Ahora pueden irse.

—Sí, mi rey —le contesté.

—Cuida a tu humana, porque un destino fatal viene en camino —dijo el rey.

Entonces nos fuimos a la carroza. Margaret se quedó con los reyes como su real súbdita. Gracias a Margaret podríamos estar juntos para toda la eternidad. Pero el destino me tenía una sorpresa inesperada.

La Fiesta…

Esa noche volvimos a su casa y, cuando nos bajamos de la carroza, Tristhan me expresó lo mucho que me amaba y que siempre estaríamos unidos. Nos besamos y, cuando miré a la entrada de la casa, había muchas personas, como si hubiese una fiesta de bienvenida. Al entrar, todos nos miraban. Mi madre apareció.

—Hija, ¿dónde has estado? —me preguntó—. Bueno, olvídalo, me imagino que debes estar cansada del viaje. Hija, esta es la fiesta de compromiso. Los padres de Tristhan quisieron regalársela. Espero que no te moleste que hayamos decidido dar esta celebración —me dijo con preocupación.

—No, mamá está bien, solo necesito descansar un poco, pues fue una larga tarde.

Fui directo hacia mi habitación. Cuando abrí mi puerta, Tristhan estaba en el balcón mirando la luna llena.

—Tristhan, me siento cansada, necesito darme un baño.

—No te preocupes, te estaré esperando cuando salgas.

Fui a darme un baño caliente y, cuando salí de mi habitación, mi amado me estaba acechando como un animal hambriento. Al principio me asusté, pero él se me acercó y comenzó a besarme salvajemente y sacó sus filosos colmillos. Trató de morderme, pero yo lo detuve.

—Tristhan, esto no se vería correcto, qué pensarían tu familia.

Él se detuvo.

—No te preocupes, no voy hacer nada en contra de tu voluntad —caminó hacia la puerta, pero yo no quería que él se fuera.

—Espera, no me dejes sola. Quédate conmigo esta noche —sin pensarlo corrí hacia él y lo besé salvajemente.

—Te amo —le dije.

—Te amo —me respondió.

Continuamos besándonos y me levantó con sus fuerte brazos, que eran duros como el hierro y fríos como la noche. Me quitó mi vestido y tocó mi piel suavemente. Yo le quité su camisa despacio. Comencé a morderlo fuertemente en su cuello. Me sostuvo y me llevó hasta mi cama, mientras me tocaba mis piernas, besándome. Salvajemente me levantó. Era tan fuerte y tan ardiente que no podía creerlo. Estábamos desnudos y su piel era tan fría como el agua y la mía, tan caliente como el fuego.

Al estar encima de él, comenzó a morderme mi cuello y sacó sus filosos colmillos. Punzó en mi desnudo cuello, desangrándome salvajemente, succionando una vez más mi sangre. Cambiamos de posiciones; me acostó en la cama y continuó alimentándose de mí; y me hacía el amor lento, pero salvaje al mismo tiempo. Me dio de su sangre y me besó con toda su boca llena de sangre. Pero no sé qué me paso; me sentí mareada y por un momento tuve una visión. Vi cómo mi madre moría envenenada, pero no alcancé a ver quién era esa persona que le sirvió la bebida. Tristhan se detuvo.

—¿Qué te sucede?… ¿Te sientes bien? … ¿Te lastimé? ¿Qué te sucede, amor mío?

—No te preocupes… no tiene importancia.

Nos acostamos a descansar, pero pensaba en esa maldita visión. No podía comprenderla claramente. Mi madre solía decirme que, cuando una persona tiene visiones, es porque es descendiente de las brujas. O como se les conoce hoy en día: las Wicca.

Pasaron tres días y aun así se hacía más lento el tiempo; no tenía otra alternativa que ayudar a mi madre en la cocina.

Al cabo de un mes, me hice muy amiga de Gabriel. Se había transformado en mi mejor amigo. Cada vez que Tristhan iba a viajes de negocios con su padre en España, Gabriel era mi consuelo. Él me entregaba las cartas que le enviaba Tristhan. Sus palabras me conmovían y me consolaban.

Cada noche Gabriel y yo paseábamos por el bosque. Él era mi maestro; cada vez aprendía más y más las habilidades necesarias para ser una vampiresa. Una vez me explicó, estando en el bosque:

—Siempre recuerda, Emil, la vida de un vampiro está llena de soledad. Somos criaturas de las noches, solo nosotros preferimos qué vida elegir; una vez que morimos, no hay marcha atrás. Si decidiste ser una de nosotros, deberás asumir dicha responsabilidad sola.

Se detuvo al frente de una taberna cerca del bosque.

—Recuerda, nunca envejecerás o morirás. Verás a tus seres más queridos morir, incluso a tu mamá.

Dentro de la taberna, una hermosa mujer se le acercó a un joven que acababa de entrar.

—Cuando seas una vampiresa como nosotros —continuó Gabriel—, deberás dejar todo lo que amas y desaparecer para que nunca nadie sospeche de ti. Hay cazadores que aún nos acechan desde el comienzo de nuestra existencia. Deberás recordar que hay distintas razas de vampiros; debes alimentarte sin que nadie sospeche; muy pocos salimos durante la luz de sol, vivimos en la noche y dormimos durante todo el día. El ajo no nos hace daño, solo que la esencia nos molesta; las cruces son sagradas para nosotros, ya que Dios fue el creador de nuestro Rey.

Mientras él hablaba, veía a aquel hombre extraño, quien se levantó de la silla y se llevó a la hermosa joven afuera de la taberna. La arrinconó en la pared, tocándola por todas partes. La besó y levantó su vestido hasta poner su mano dentro de su sexo. Inclinó su cabeza hacia arriba hasta sacar sus cuatro filosos colmillos. La joven gritó, pero él, con su otra mano, le cubrió la boca mientras que la otra continuaba dentro de ella hasta dejarla casi muerta, extasiada.

—Solo que no podemos pisar lugares sagrados —continuaba hablando Gabriel—. Ni ir a las casas sin ser invitados. Con el trascurrir los años, obtenemos dones oscuros que jamás deberán ser revelados.

Al cabo de un mes, Tristhan volvió. Juntos lo recibimos, me lancé a sus fuertes brazos y lo besé. Esa noche dormimos en mi habitación. Habíamos propuesto celebrar la boda después de su llegada y mi madre y Gabriel hacían los preparativos para este importante día.

La boda….

21 de agosto del 1889

Había pasado una semana desde la llegada de Tristhan y era el día de nuestra boda. Mientras mi madre se aseguraba de que todo estuviera bien para esa tarde, Dina y Alejandra me ayudaban a vestirme.

—¿Cómo me veo? —pregunté.

—¿Qué? —Dina se quedó callada.

—Te ves hermosa —dijo Alejandra—. Recuerdo cuando me veía como tú. Toda inocente y simple. Tristhan será a afortunado de tenerte. Dina se acercó al espejo y me observaba.

—Serás la mujer más envidiada entre la realeza.

En ese momento alguien tocó a la puerta. Dina abrió y era la madre de Tristhan.

—Elizabeth —exclamó Alejandra.

— ¿Dónde está la futura novia? —preguntó y, cuando me vio, me dijo:

—Te ves hermosa. ¿Ya estas listas para salir? Todos los invitados llegaron.

Gabriel también llegó:

—A ver, déjame verte. Qué novia tan hermosa; deja que Tristhan te vea. Bueno, vengo a informarte que todo está listo, solo faltas tú.

Me levanté corriendo hacia Gabriel y lo abracé.

—Gracias por todo —le dije—, recuerda que estoy en deuda contigo.

—No te preocupes, este es tu día. Si me disculpan, debo retirarme, pues los invitados esperan —dijo y se marchó de mi habitación.

Dina y Alejandra me aconsejaban, y Leonarda me dijo:

—¿Están segura de que ambicionas ser una vampiresa? Ser vampiro, Emil, tiene sus consecuencias. Si estás decidida a perder todo lo que amas para vivir una vida eterna, bienvenida seas, pero si no, solo traerás tragedia en esta relación.

Dina me dijo:

—No necesariamente es malo, ve lo bueno de ser vampiresa: jamás envejecerás, serás joven por siempre, nunca morirás, al menos que ansíes la muerte; podrás poseer una vida apasionada como jamás lo imaginaste, pues lo más fascinante de ser un vampiro es que somos los mejores en la cama.

—Eso no es nada comparado con el resto que viene después —dijo Alejandra.

Me quedé pensado y ellas dos se rieron, pero a mí no me importaba nada de eso, solo pensaba en estar con Tristhan y ser feliz junto a él.

Elizabeth le pidió a Dina y a Leonarda que nos dejaran solas a las dos. Cuando Dina y Leonarda cerraron la puerta, Elizabeth me dijo:

—¿Te sientes bien, Emil? — realmente me sentía feliz, al menos eso pensaba.

—Me siento bien… de hecho, no me siento bien, me siento nerviosa sin saber qué hacer, tengo miedo, no sé si estoy segura de lo que hago. Lo único que sé es que realmente amo a su hijo más que a mi vida. Solo siento un poco de preocupación por los cambios.

Elizabeth tomó un cepillo que había justo frente a mí y me cepilló el pelo.

—Mi Emil, esas preocupaciones son normales para un mortal como tú. Debes tener miedo, porque si no tuvieras miedo no serías tan fuerte como eres. Recuerda, el miedo agranda al hombre y la angustia es la puerta de la soledad eterna. Si amas en realidad a mi hijo, entonces no te preocupes. Déjame ver.

La miré a los ojos.

—Te preocupa perder a tu madre, pues ella es la única familia que tienes, ¿no es así?

Asentí con la cabeza.

—Recuerda, ser una vampiresa es una maldición, por ser vampiro no perderás a tu madre, estarás con ella, solo que no la verás todas las mañanas como siempre; y una vez que eres vampiro el cuerpo es lo que muere. No te angusties, hoy es tu gran día. Te espero abajo con los invitados.

Elizabeth se fue de la habitación y me quedé pensando en todo lo que me dijo.

Tenía toda la razón, por qué debía tener miedo si el miedo es como tu enemigo: debes conocerlo para poder dominarlo y hacerte fuerte.

Recuerdo aquel día. Ahora está aquella pareja por el parque, de manos y sonriendo. Mientras que aquellos niños de color molestan a su madre. Ahora llego a un teatro abandonado. Observo esas antiguas escaleras y me siento justo en ellas. Mientras, recuerdo a mi queridísima madre esperándome ese día al final, con una hermosa sonrisa.

—Justo como el día en que me casé con tu padre — me dijo mamá mientras observaba el vestido de boda que llevaba puesto—. Hija, te ves tan hermosa como yo el día de mi boda. Pareces una real condesa de los Nataniel. Como me gustaría que tu padre estuviera en este día tan especial.

—Sí, madre, como me gustaría que estuviera papá…

Mi madre me abrazó llorando: —dondequiera que esté, tu padre y yo estamos orgullos de ti.

La pérdida…

 Llegué al salón y Gabriel me sujetó de la mano. Se abrieron las puertas. Cientos de miradas me observaban con aquellos ojos azules, rojos, verdes y blancos.

Caminamos hacia donde estaba Tristhan, junto al rey y la reina, acompañados de algunos vampiros. Al llegar, Tristhan me sujetó de la mano, mientras Caín leía el evangelio de los vampiros, que era como una gran biblia. El tiempo pasaba tan rápido que en un momento el rey me preguntó:

— ¿Aceptas a este hombre como tu legítimo esposo y juras amarlo y honrarlo hasta que la muerte los separe…?

Me quedé callada, miré hacia atrás, hacia donde estaba mi madre y luego miré a Tristhan.

— Acepto.

El rey le hizo la misma pregunta a Tristhan y, al responder afirmativamente, nos dijo.

— Los declaro marido y mujer, puede besar a la novia.

Tristhan, tan caballero, me besó, y los invitados aplaudieron. Al pasar las horas todos estaban bebiendo y comiendo entremeses, excepto los vampiros. Estaba sentada junto a Tristhan cuando todo comenzó.

Los invitados reían, festejaban y bailaban; yo, callada, observaba lo que sucedía a mi alrededor. Tristhan continuaba hablando con los invitados. Pude ver que Lucian estaba feliz junto a mi madre; Dina reía junto a Gabriel; Leonarda y Danied, el conde y la condesa estaban callados en una silla. Tuve el presentimiento de que Jonathan estaba nervioso y Lucy, molesta como siempre, sirviendo las bebidas.

Cuando Lucy sirvió la copa a mi madre, Danied se apareció frente a mí. Me estaba explicando algunas cosas, pero yo me movía de un lado otro para poder mira a Lucy. Cuando apareció Gabriel, ya había perdido a Lucy de vista.

Subí las escaleras y abrí las puertas de cada habitación de huéspedes. Encontré a dos vampiros hombres besándose, mientras que la humana estaba tirada en la cama ensangrentada. Uno le mordía su muñeca y el otro, el muslo derecho. Pobre mujer, estaba toda extasiada y eufórica. Traté de cerrar la puerta con suma delicadeza, pero se hizo un pequeño ruido. Juraría haber oído un cristal caer en el suelo. Volví a tratar de cerra la puerta y ellos me observaban. Daba la impresión de que deseaban verme en la cama toda desnuda y ensangrentada, junto a ellos. Cerré la puerta y aún se escuchaban los gritos de placer.

Encontré a Danied subiendo por las escaleras.

—¡Danied, Leonarda te está buscando! —le toqué su hombro.

—¿Dónde está ella?

—Creo que en la cocina.

Gabriel se acercó nuevamente.

—¿Qué sucede? ¿Te sientes bien? Te siento extraña —me dijo.

—No es nada, solo que tengo la sensación de que algo malo va a suceder.

—¿Por qué, viste algo?

—Gabriel, es que…

En ese momento se oyó un grito de mujer y la orquesta se detuvo. Se escuchó una copa caer.

—¿Qué sucede? —todos me miraron y nadie dijo nada.

Comencé a caminar directamente hacia donde estaba aquellas personas. Vi a Tristhan, que estaba en el suelo con una mujer. Cuando miré bien, era mi madre que estaba convulsionando, con un líquido blanco en su boca. Me quedé en shock y unos gritos fuertes salieron de mi boca. Gabriel me sujetó por la cintura.

—¡No! —grité tratando de salir de los fuertes brazos de Gabriel.

Vi como Danied cerraba los ojos de mi madre y el rey daba unas órdenes a sus guardias. Todos los invitaron se habían movido y la reina se acercó para anunciarles:

—Necesito que se vayan, la fiesta ha terminado. ¡Ahora!

Todos se fueron, excepto los guardias de realeza y la familia Nataniel. La reina me observó.

—Lo lamento —me dijo, y se fue con los demás invitados. Mientras, el rey daba órdenes a sus guardias.

Me había caído al suelo, pero aún Gabriel me sujetaba por la cintura.

—Lo lamento, tu madre ha muerto —me dijo Danied, quien se acercó con Dina y uno de los guardias del rey. Al llegar a donde estaba mi madre, Dina le cubrió su rostro con una manta, luego se llevaron el cuerpo.

—¿Cómo ha muerto? —preguntó Gabriel.

—Envenenada.

Grité: "¡No!", fuertemente, y miré con odio y tristeza a mi alrededor, pero no encontré a Lucy ni a Jonathan. Gabriel me sujetaba tan fuerte que no podía soltarme. Nathaniel, Leonarda y Dina se fueron a sus habitaciones. Elizabeth llamó a Edward a gritos y todos corrimos a ver qué pasaba. Era Jonathan que estaba en el suelo. Danied le preguntó.

—Jonathan, ¿quién fue? —pero este ni siquiera podía hablar.

Se le acercó al oído y le dijo casi agonizando:

—Fue Lucy… —pasados unos segundos, murió.

Al parecer, Lucy le había cortado el cuello. Gabriel me soltó y fue en busca de la asesina junto a Danied, Edward y Tristhan. Me derrumbé en el suelo, llorando como jamás lo había hecho. Partí a la cocina y tomé uno de los cuchillos que se encontraba encima de la mesa. Salí corriendo de la casa a buscar a Lucy, para acabar con ella tal y como había acabado ella con mi vida al asesinar a mi madre.

La busqué por el bosque a ver si encontraba, pero todo se volvía más oscuro y no podía ver casi nada, lo único que se podía distinguir eran los rayos de la luna. Corrí velozmente pensando: "de qué vale morir si no es por una razón justa". Tropecé con una roca y vi el cuchillo que tenía en mis manos. Miré hacia arriba y me quedé observándolo. Lo sostuve con mi mano derecha, me arrodillé y levanté mi mano izquierda, intentando cortarme mis venas, pero Tristhan apareció de repente y me quitó el cuchillo. Estaba un tanto molesta y triste, y comencé a golpear a Tristhan en su pecho.

—¡Por qué! ¡Por qué a ella y no a mí!

Tristhan me abrazó.

—¿Qué deseas? —me preguntó y yo levanté mi rostro.

—La muerte —le dije.

En esos momentos estaba tan enojada que no quería saber nada de él ni de nadie. Solo pensaba en encontrar a Lucy y asesinarla. Tenía mucho dolor en mi corazón por haber perdido a mi única familia, mi madre Vivian. Lo que más me enojaba era que mi madre había muerto de la misma manera que mi padre, asesinado. Solo me preguntaba: ¿por qué Lucy? Mi madre era una mujer honrada, no le haría daño a nadie ni anhelaba la desgracia de nadie. ¿Por qué? Estaba decidida a vengar su muerte.

Tristhan me levantó el rostro y me dijo que me amaba, que no podía hacer nada para devolverle la vida a mi madre, pero podía darme lo que yo quisiera.

—Es tan fácil decirlo, tú tienes a tu familia y yo no tengo a nadie. Mi madre era mi vida, lo único que tenía para seguir viviendo por una noble razón.

Estaba tan triste que no tenía ánimos para seguir hablando, así que me solté de los brazos de Tristhan y me levanté del suelo, dándole la espalda.

—Tristhan, acaba con mi sufrimiento, no quiero ser humana, solo quiero ser un animal furioso. Solo anhelo la venganza. Lo juro, cuando encuentre a Lucy la mataré junto con toda su familia, sin importar lo que suceda —le dije llorando.

—¿Cuál es tu deseo? ¿Tanto deseas la muerte...?

—Sí, deseo muerte.

Me tomó por los brazos, me acarició el rostro y cambiaron sus facciones, ahora tenía los ojos rojos y los colmillos filosos.

—Como desees.

Me punzó fuertemente en mi pecho izquierdo, justo al lado del corazón, drenando completamente mi sangre sin dejarme ni una gota de vida. Se detuvo por un momento e, inclinado hacia arriba, cubierto de sangre, volvió a morderme. Me sentía tan débil que me desmayé.

Soy una vampiresa…

Me había despertado; era de noche y sentía frío y debilidad. Todo me daba vueltas. Tristhan estaba sentado a mi lado, en mi cama, y le pregunté:

—¿Qué me está pasando? ¿Por qué tengo frío y apenas puedo moverme?

—Te estás muriendo; eso siempre nos sucede al principio —me explicó, sacó sus colmillos y los punzó en su muñeca, acercándola a mis labios.

—Bebe.

—No.

—Debes hacerlo.

No tuve otra alternativa y me alimenté. Una pequeña satisfacción cruzó por mi mirada. Apenas podía oír unos pequeños gemidos de su parte. Estaba tan deliciosa la sangre que no pude detenerme. Tristán me soltó en la cama. Comencé a tener un dolor fuerte en el cuerpo; era tan fuerte que me desmoroné en el suelo; cerré mis ojos y, cuando me levanté, abrí los ojos y él se quedó observándome.

—Deseo más.

Me ayudó a levantarme.

—¿Cómo me veo? —le pregunté.

No dijo ni una palabra, solo me dio el espejo que estaba junto a su cama.

Me observé: mi piel era muy blanca; el color de mis ojos era de un café claro como la miel, mezclado con algo de rojo, y tenía los labios rosados y los dientes filosos.

—Tienes hambre; ven, te enseñaré cómo es ser un vampiro.

Esa noche Tristhan y yo nos ocultamos encima de un techo, mientras observábamos discretamente a los campesinos, los lores (condeses) y los guardianes.

—Te enseñaré cómo alimentarte sin ser vista por los demás y cómo controlarte. Sígueme.

Debí de estar loca para hacer lo que Tristhan hizo. Se lanzó del techo a la calle sin ser visto por nadie.

—¿Ves?, no debes tener miedo. Es fácil, solo concéntrate y lánzate.

Sin pensarlo, lo hice. Cuando toqué el suelo, se sintió asombroso. Luego estuvimos caminado durante un largo rato.

—Mientras camines vas a poder escuchar a las personas hablando a lo lejos, y también vas a sentir cómo fluye su sangre por todo su cuerpo o el latir de su corazón

Me concentré y de verdad podía experimentar todo esto.

—Los dones oscuros no son iguales para todos …

Observé un cartel que decía: "27 de agosto".

—¿Qué día es hoy?

—27 de agosto del 17.

—¿Cuánto tiempo hace que estoy dormida?

—Una semana.

Los dos fuimos a una fiesta que había en el pueblo. Tristhan consiguió para ambos un mortal. Nos detuvimos en un pequeño callejón.

—¿Ves a aquel joven? —me preguntó.

—Sí.

—Intenta usar la seducción con él.

—¿Cómo?

Tristhan se me acercó al oído derecho, susurrándome:

—Debes acercártele amistosamente y llamar su atención, solo entonces él cogerá confianza. Cuando lo hagas, míralo directamente a sus ojos y le dices lo que tú quieras que haga. Pero debes llevarlo a un lugar solitario para que nadie pueda verte. Yo lo haré primero para que veas cómo se hace; sígueme.

Lo acompañé y Tristhan se acercó a un joven campesino. No pude escuchar bien qué le había dicho a aquel joven, pero bebió de su sangre. Luego me hizo una señal para que lo siguiera. Llegamos hasta la playa cerca del pueblo, junto al muelle. Había un pescador saliendo de su bote y Tristhan corrió veloz y comenzó a beber la sangre de aquel otro joven con piel bronceada y ojos color marrón. Pero se detuvo.

—Ven, inténtalo —me pidió.

Yo me acerqué y saqué mis colmillos.

—Te deseo… desearía que bebieras la última gota que de vida que llevo en mí —y emití una cruel carcajada.

Tristhan no dijo ni una palabra. Parecía que la maldad ya estaba dentro de mí. Todos siempre llevamos un demonio dentro, solo que nadie le presta atención. Puncé mis colmillos en su desnudo hombro sin control, Tristhan soltó a ese otro joven mulato de quién se estaba alimentando.

—Es suficiente, siempre debes tener control —me explicó.

No me quería detener, tenía hambre. Al beber su sangre, me embriagué. Mi sed era insaciable. La sangre es deliciosa, es mejor que la esencia, y la muerte es mejor que la vida. Pero no es tan simple de ver; si has vivido la muerte lo podrás sentir, pero si no, jamás sabrás qué es ser un hijo condenado.

—Te ordeno que te detengas —me dijo Tristhan.

Algo en mí me se detuvo, pero el odio y la sed me cegaban. Con toda su fuerza me lanzó contra la pared del muelle.

— ¿¡Por qué haces esto!? —pregunté.

—Mientras bebas de su sangre, deberás sentir su corazón latir lento, eso te dejará saber que ya es suficiente. ¡Si quieres dejarlo vivir, solo estate atenta a los latidos del corazón!

Observó el cielo.

— Debemos irnos. Muy pronto va a amanecer.

Al llegar a la casa, Tristhan me explicó:

—Solo podemos salir de día cuando el tiempo esté lluvioso o cuando las nubes cubran el sol. Pero si hay sol, no podemos salir.

La guarida…

Antes de que amaneciera, Tristhan me invitó a acompañarlo a un sitio.

—A dónde vamos —le pregunté.

Él me pidió que me mantuviese en silencio. Lo acompañé hasta el salón donde estaba el piano.

—Aguarda aquí —me pidió.

Continuó caminando y se acercó a una pared donde había un enorme espejo que cubría casi toda la pared. Tocó un candelabro y se abrió el espejo. Me invitó a seguirlo y, cuando entramos a aquel sitio, el espejo se cerró. Miré al frente y vi un largo pasillo con muchas antorchas; también había una entrada al centro, que estaba muy decorado, como si hubiese dos lugares iguales en su misma casa. Pero mientras los dos caminábamos, pude ver que ese lugar era su refugio; todo este tiempo había estado muy cerca de mí, escuchándome.

Seguimos caminado, pero aún no llegábamos a su guarida. Cada vez que miraba aquel pasillo largo, podía ver la luz de la luna que entraba por las ventanas. Entonces llegamos a una puerta grande con diseños medievales, que estaba cerrada. Tristhan la abrió y era un lugar muy grande donde su familia se estaba alimentando de simples mortales.

También había otros vampiros que jamás había visto, parecen que familiares o amigos de la familia. Era hermoso ese lugar: había cortinas rojas enormes, ventanas largas, dos escaleras grandes medio onduladas y, más arriba de la escalera apenas se podía ver que había habitaciones. También había una orquesta que tocaba violines, violonchelos y piano. Tristhan me tomó de la mano. Miré hacia los lados y, en medio de tantos vampiros bailando, vi a Gabriel con su cabellera recogida, con su pecho todo cubierto de sangre, sentado en una silla y alimentándose de una joven que no era Dina. Sostenía una copa en sus manos llena de sangre

Observé a muchos mortales que se encontraba entre nuestra especie, anhelado la muerte. Pero como dicen algunos vampiros: "Nosotros somos la muerte, estamos condenados a vivir la vida eterna sin amor y sin descubrir aquellos sentimientos que nos faltan por conocer. Malditos seremos para toda la vida".

Para empezar a ser un vampiro, debía aprender cómo ellos se comportaban. Gabriel y su hermano Danied me miraban de una forma distinta. A veces temía que yo les gustara a los dos, pero ellos sabían que yo amaba a su hermano. No podía amar a alguien que no fuera Tristhan. Gabriel abrió su boca, sacó su colmillo y se alimentó de otro mortal que estaba sentado junto a él, sin dejar de observarme. Esa era una invitación que le hacía un vampiro a otro, y me excitaba poder participar con ellos.

Dina, Elizabeth y Leonora se alimentaban de aquellos jóvenes, y el resto de los vampiros bebía de sus copas llenas de sangre. Había algún que otro humano sentado y otros estaban muertos. Unas de sus leyes eran: "Si te alimentas de un mortal, debes acabar con su vida, excepto si no desea la muerte". Eso me parecía una estupidez. Al diablo la ley, las reglas se hicieron para romperse. Pero en qué cabeza cabe que una ley se respeta si otro la quiebra.

Pero muchos de esos mortales no invitaban a la muerte, sino que buscaban la muerte, aunque solo la muerte puede aceptar su invitación. No es verdad, eso es decisión de un vampiro y no de una ley.

Recuerdos sin ser olvidado…

—Ven, debes de estar cansada —me dijo Tristhan y caminamos juntos hacia las escaleras.

Me mostró el lugar donde solía dormir todos los días. Qué sensación tan extraña fue ver que dormiría en una habitación oscura, donde había una cama en forma de ataúd, pero más grande y cómoda para descansar. Allí también había libros, cuadros, ropa, velas y una imagen de su difunta prometida Fernanda, con velas encendidas.

Mientras preparaba nuestro ataúd para ambos, pensaba en que Tristhan, por más que me amara, jamás iba a olvidar a Fernanda. Un amor solo muere cuando uno está dispuesto a morir junto al él.

Amaba mucho a Tristhan en aquel tiempo, pero ahora mi corazón muere por los errores que cometí y viví. Por el pecado de amar al alguien sin saber las consecuencias. Ese fue un error que debería pagar con la misma muerte después de haber hallado la tragedia, la muerte, el dolor, el sufrimiento, la enseñanza, ese vacío que absorbía mi ser, lo poco humano que había dentro mí.

Besé a Tristhan acariciando su rostro, mientras le quitaba la camisa que llevaba puesta. Él respondió a mis besos salvajemente, sin detenerse. Me acarició el cabello besándome fuerte. Lo lancé bruscamente al ataúd, sin pensarlo, pero sin intentar morder su desnudo cuello.

—¿Te pasa algo? Has estado callada desde que te di el regalo de la vida eterna. Si es por lo que sucedió con tu madre…

—No te preocupes. Cállate y no digas nada — le dije, mientras se despertaba el odio dentro de mí.

—Eres todo para mí. Daría mi vida por salvarte.

Esa noche dormimos juntos en el ataúd. Sentía que había muerto mi aliento humano y solo quedó en mí la agonía.

La verdad solo duele...

A la noche siguiente me levanté. Presentía que nada había cambiado, que todo seguía igual.

"Oh, hermosa oscuridad, me he perdido en tus tinieblas...", pensé emocionada, y palpé aquel collar que me había obsequiado mi difunta madre. Era un pentágono en forma de estrella muy pequeño. Al tocarlo tuve visiones sobre mi madre y yo. Recordé aquellos momentos de felicidad junto a ella, cuando yo era una niña, especialmente cuando íbamos cerca del bosque buscando maíz para la cena, pues mi padre llegaba del extranjero.

Salí de mi habitación con el vestido blanco que llevaba puesto. Bajé los escalones y encontré a muchos vampiros afuera de sus ataúdes. Ellos se alimentaban de algunos mortales que lograban matar fácilmente. Entonces encontré a Gabriel:

—Ha salido de cacería... Supongo que debe tener hambre.

—Sí, ¿por qué?

Es parte de nuestra naturaleza. Debemos aniquilar a cualquier ser inocente para poder sobrevivir y ser fuertes —me dijo.

Observé a aquel joven ingenuo del que Danied se estaba alimentado; apenas podía decir una palabra, hasta que llegó al punto de máxima excitación en que dejó morir al joven sin compasión alguna.

Gabriel me ofreció a un humano para alimentarme, pero me negué.

—¿Por qué no quieres a este humano? —dijo Gabriel.

—Primero quiero ir a mi habitación. Necesito bañarme y llevar las pertenencias de mi madre a la iglesia para que las regalen a los que las necesitan.

Gabriel ofreció acompañarme y acepté, pero se tuvo que ir rápido porque Dina lo estaba buscando. Me quedé sola y aproveché para bañarme y ponerme la túnica negra; apenas se podía notar mi cuerpo desnudo sobre la cama; luego me puse el vestido y cepillé mí cabello.

Mientras recogía las pertenencias de mi madre, encontré un viejo libro. Me dio curiosidad y lo abrí. Lo único que contenía eran cosas de hechicería y dialectos antiguos. Recuerdo que mi madre me había narrado algunas historias. Me contó que, cuando tenía quince años, había escuchado unas carcajadas a lo lejos, que provenían del bosque oscuro, donde muchos campesinos no entraban por miedo. Ella se escapó de su nana Mildred y encontró a su abuela, quien era muy joven para su edad; tenía unos cincuenta años y parecía tener unos veintiséis. La mujer estaba sola en el bosque, con una túnica negra y ese libro en la mano, rezando al aire libre. Mi madre se había escondido detrás de un árbol para que no pudiera verla y vio cómo la mujer encendió el fuego sin utilizar nada más que un simple rezo; luego levantó un cuchillo que se encontraba cerca de ella y se cortó tres veces seguidas la mano izquierda. En ese momento se escuchó caer la rama de un árbol.

—¿Quién está ahí? —preguntó su abuela.

En ese momento alguien tocó el hombro derecho de mi mamá.

—Ven, Vivian.

Era Mildred, su nana. La abuela de mi madre era una bruja, o como se conocen hoy en día: Wicca. También su madre y la madre de su madre... Eran todas unas brujas malditas, lo cual quería decir que yo también era o sería en el futuro una bruja, por lo que mi vida estaba en riesgo. ¿Por qué? —se preguntarán ustedes, estúpidos mortales. Busquen la respuesta.

Le pedí a unas de las mucamas que llevara todas las pertenencias de mi madre a la iglesia y que se las regalaran a los pobres.

Cada noche Tristhan se iba con sus hermanos o con su padre en busca de Lucy. Guardé muy bien el libro para que nadie descubriera mi secreto y caminé por el jardín de rosas rojas, pensando en lo que había leído. Entonces escuché a alguien que venía y saqué mi colmillo para ver si era un cazador, pero era un conejo. Me fui a la guarida, pues tenía mucha hambre, y busqué a un joven hermoso para embriagar mi sed. En ese momento llegaron Danied, Tristán y su padre Edward.

—¿Alguna noticia de Lucy? —le pregunté a Tristhan.

—No.

—Olvidémonos de Lucy por un momento. Acércate —le dijo al joven que lo acompañaba— Aquí está tu cena —me dijo, y me lo ofreció.

—No tengo deseos.

Tristhan se veía molesto.

—Te lo ordeno —me dijo con autoridad.

Clavé mis colmillos en el cuello del muchacho y luego lo hizo Tristhan. Sin piedad aniquilamos a aquel joven. Los demás vampiros se alimentaban de otros humanos que gritaban de terror.

La persecución 5270...

A la noche siguiente me levanté de mi ataúd con una insaciable sed.

Es tan dulce probar la sangre de un inocente. Porque su sangre es igual a la de un bebé.

Me cambié el vestido por uno de color azul oscuro y salí de la habitación donde solía dormir junto a Tristhan. Me escapé sin que nadie sospechara, en busca de Lucy. Como Tristhan y Edward no la encontraban, entonces decidí buscarla personalmente y acabar con su vida.

Villa de Cambridge

Caminé entre los letales árboles, quería escuchar a las personas para ver si encontraba algún rastro de Lucy.

Es como la sombra de la noche, corre sin ser vista y se esconde sin ser escuchada.

Llegué a la taberna y tomé asiento en una de las sillas de una esquina, sin ser vista. Logré escuchar algo acerca de Lucy a un hombre que estaba ebrio, el cual me era muy familiar. Recordaba haberlo visto con ella una vez en la cocina. Cuando el hombre se giró hacia mí, pude ver que era el esposo de Lucy, un hombre mayor que, a juzgar por su apariencia, debía tener unos cincuenta y tantos años.

—William, aquí tienes lo que ordenaste —le dijo el camarero.

William bebió y se retiró. Me levanté de la silla y estuve siguiéndolo. Mientras caminaba, escuché a una madre gritarle a su hija. Al ver a la niña, percibí su dulce inocencia, la que yo había perdido. Miré a su madre y recordé a la mía cuando solía llamarme. Eso dolía mucho.

El hombre se dirigió a una cabaña lejos de la villa. Entró en ella y yo me escondí para que no me viera. Me acerqué a la ventana y, cuando observé, vi a Lucy. Traté de abrir la puerta y en ese momento me aguantaron la mano. Eran Tristhan, Gabriel y Edward. Yo intenté zafarme.

—No lo hagas —dijo Tristhan—. Por favor, no es tiempo para cobrar venganza. Ven con nosotros y encontraremos la manera de hacer justicia.

—¡No es tiempo! —reiteró Edward y me tocó el hombro.

—Esa no es forma de hacer justicia… Emil.

—¿Justicia? Al diablo la justicia y las leyes. Esa maldita va a morir.

Tristhan estaba bien molesto.

—¡Emil!, no lo hagas… eso es una locura … Lo sé, ella debe pagar por lo que te hizo a ti y a tu madre. Pero recuerda que hay cazadores que nos han seguido durante cientos de años. Si saben que hay vampiros en Cambridge, nos exterminarán.

—No me importa… Si no estás conmigo, Tristhan —contuve mis lágrimas—, no tengo más elección que alejarme de ti.

Tristhan se quedó callado por unos segundos. Le pregunté si estaba conmigo o con ellos, y él me dijo llorando:

—No puedo… Te amo, Emil, pero no puedo ser parte de esta venganza. Si estoy contigo, estaré en el exilio por toda la eternidad.

—Esa es tu decisión. Adiós, Tristhan.

Me giré hasta darles mi espalda, sin despedirme. Ninguno de ellos tres dijo ni una palabra. Observé a Lucy sin que ella me viera. Gabriel corrió hasta mí.

—Emil, no te vayas. Encontraremos una solución a todo esto. ¿Qué pasará con Tristhan?

—Ya él tomo su decisión. Adiós Gabriel —le contesté.

Entonces me fui corriendo de ese cabrón lugar. Pero, cada año que pasaba me sentía más afligida.

La Puttana

Seis años atrás en Venecia, Italia

No sabía nada de mi amado. Él debía estar molesto. Sentía que perdería a mi único amor y que no sería tan fácil iniciar una vida sin haber terminado otra.

Esa noche caminaba por las calles de Venecia, observando con mucho detalle a aquellas personas que caminaban en las oscuras tinieblas. Prostitutas fuera de las casas para hombres y una que otra en sus terrazas, llamando a los caballeros, con ropas bien ceñidas a sus cuerpos, elevando sus firmes pecho. Estaban celebrando un festival de máscaras y había alguna que otra persona caminando o corriendo con sus antifaces. Se podía escuchar la música a lo lejos.

Tenía hambre, no había comido nada en varias noches. Vi a un hermoso joven sentado afuera del lugar donde se estaba haciendo el festival y caminé hacia él. Era muy hermoso, tenía ojos verdes, piel un poco bronceada y cabello color castaño. Me senté junto a él y lo miré a los ojos; estaba llorando.

—¿Ti senti bene?

—No… ¿Chi sea tu?

—Io me llamo Em —le quería decir mi nombre completo, pero si quería volver a comenzar, tenía que cambiar mi nombre y no ser recordada.

—Emil, ¿come ti noma?

—Itsvan

—¿Perché sei cosi triste in una bella notte?

—Ho appena visto la mia fidanzata barate su di me con il mio milgliore amico. Maledetti idioti ancora uccidere. ¿Quién te enseño a hablar italiano?

—Es un secreto. Lo mismo te pregunto yo ¿Quién te enseñó a hablar tan perfecto? — él sonrió.

Es un secreto —y los dos sonreímos.

—Quieres darle un susto a tu ex prometida —sus ojos brillaron.

—Se.

—Muéstrame el camino.

—Después de ti —me dijo, se levantó de la silla y me llevó hasta el centro del festival.

—¿Dove sea?

—¿Ves a aquella chica que se encuentra al final, casi escondida de todo?

Yo buscaba y buscaba, hasta que la encontré.

—Sí, la que tiene el traje rojo —la chica tenía el cabello largo y rojo, también grandes pechos, pero no tanto como los míos. Poseía una encantadora son-risa de oreja a oreja y bebía de su copa. Apenas po-día observarle el rostro, cubierto por el antifaz que llevaba.

—Sí.

Nos acercamos ella. Estaba coqueteando con un hombre mayor.

—Con la picola caja si é —El hombre mayor escu-pió su bebida. Itsvan estaba escondido detrás de unas personas, riéndose.

—Mi dispiace il mio nometu conosci miei amigo Marcus — este se acercó y lo besé por unos cinco segundos. Esta deja caer su copa de vino

—Dispiace —me detuve.

—¿Perché diaolo questa puttana besastes?

—Disculpa, esta puttana tiene nome —le dije.

—¿Por qué debo darte una explicación, si tu fuiste la que se revolcó con mi mejor amigo?

Una carcajada salió de mis seductores labios hasta que dijo algo que me enojó:

—Tu sei una puttana come tue madre.

Corrí hasta llegar a su rostro.

—¿Come mi noma?

El hombre mayor que estaba a su lado se acercó para separarnos. Dijo.

—Es suficiente, no hay por qué perder la noche en simples tonterías.

Usé la coerción con ella.

—Dile: "Lo lamento, Itsvan, soy una maldita puta".

—Lo lamento, Itsvan, soy una maldita puta —dijo.

—Tienes razón, Bergamín, ¿conque ese es tu nombre? —me le acerqué al oído—. Ten cuidado porque aún no me conoces, no sabes de lo que soy capaz —retiré mis labios de su oído.

—Allá vamos, Itsvan.

Nos fuimos hasta su casa, pero no podía entrar.

—¿Qué sucede? Entra —me pidió. Yo cerré la puerta y él encendió el fuego de su chimenea.

—Demonios, estuviste fenomenal. ¿Como hiciste eso? —me senté en sus muebles franceses.

—Es secreto — Estaba sedienta, los latidos de Itsvan eran deliciosos.

—¿Qué te sucede? Te ves muy pálida. ¿Quieres algo de comer?

Saqué mis colmillos y se sorprendió al verlos.

—Lo lamento, Itsvan, pero tengo hambre —corrí cerca de él hasta punzar mi colmillo en su desnudo cuello, bebiendo de su sangre. Unos pequeños gritos de placer salieron de sus labios. Me detuve.

Entonces lo besé. Estaba encima de él, quitándole la camisa.

—¿Qué eres? —dijo Itsvan.

Me limpié los labios con mi mano derecha.

—Una vampiresa —le respondí, pero a él no le sorprendió mucho mi respuesta.

—¿Por qué no estás asustado? —le pregunté.

—Mi padre es un cazador —me dijo y besó mi desnudo cuello

—Me tengo que ir —me levanté.

— No te vayas —me pidió—. ¿Te veré después?

—Me temo que no... —y salí velozmente de su casa.

El acompañante...

Seis años después, en Inglaterra

Esa noche corría por el bosque desesperadamente, ya que me seguían algunos cazadores con sus perros. Pude escuchar a uno de los cazadores decir:

—¡Ahí está!

A lo lejos encontré un hermoso hotel. Me arreglé el vestido y entré, pero tropecé con un hombre que recogía sus pertenencias del suelo.

—Lo lamento —dijo el caballero.

Uno de los cazadores entró al hotel e hizo unas cuantas preguntas a los huéspedes que llegaban de sus paseos. Estaba asustada. Pensé; "Eso me pasa por aniquilar a aquel joven". En ese momento se acerό otro de los cazadores.

— Disculpa... — el otro cazador se acercó a nosotros.

—¿Con quién vino usted? —me preguntó.

—Con mi prometido —le respondí.

—¿Dónde está su prometido?

—Ahora mismo vendrá —les dije.

—Me temo que debe acompañarnos, señorita.

—Ahí está —le dije; me acerqué al joven con quien había tropezado, me le acerqué y lo besé por unos segundos. Luego me detuve.

— Disculpe —le preguntó el cazador—, ¿usted conoce a esta señorita?

Lo observé con una mirada suplicante. Sin apartar la vista de mí, le dijo

—Sí…

—¿Dónde te habías metido? —me dijo disimulando.

—Fui a buscar algo de comer, cariño —lo sostuve por su brazo izquierdo y los pobres cazadores se miraron uno al otro.

—Discúlpela, ella es nueva en este lugar.

—¿Vino con usted…? —preguntó unos de los cazadores, que llevaba puesto un sombrero color marrón.

—Sí. Es mi prometida.

—Discúlpenos, señora. Estamos buscando a una fugitiva que, al parecer, entró a este hotel —y apartó la vista de mí.

—Descuide, para eso es la ley, ¿no?… —le respondí, y en eso se escucharon los ladridos de un perro.

—Gracias por su tiempo.

Los cazadores se retiraron. Yo le solté el brazo al chico y salí fuera del hotel, mas este me siguió.

—Supongo que debes estar lejos de tu casa.

—Gracias por ayudarme —le dije, y traté de retirarme.

—De nada... ¿Pero adónde vas? ¿Tienes dónde pasar la noche?

Giré mi cabeza para poderlo ver a los ojos.

—Descuide, conseguiré alguna carroza de vuelta a mi hogar.

—Por favor, déjeme ayudarla —me insistió.

Escuché unos aullidos de lobo cerca del hotel.

—De acuerdo... —¿Que malo podría pasar? —me dije.

El presente. Las calles de Nueva York

Quedé impresionada con los mexicanos que cele-
braban el Día de los Muertos en el cementerio. Algunos niños tenían sus rostros pintados. Cerca encontré una capilla con personas dentro, rezándoles
a sus queridos difuntos, con velas en las manos que
luego colocaban en el centro del altar. Seguí caminado hasta que encontré aquel edificio y, de un
salto, llegué hasta la terraza. Me incliné en su orilla
y observé a aquellas personas que paseaban, algunas borrachas, otras sonriendo.

– Hi, Em —alguien se inclinó a mi lado.

—Hi, Dimitrievch — respondí al reconocer al
hombre.

Cincuenta años atrás, en Moscú, Rusia, había hecho un pequeño trabajo para la Resistencia Rusa
V.A, "Vampiros asesinos", un proyecto para asesinar a aquellos que se oponían a este proyecto.
Querían nuestra colaboración para ser custodia-
dos, asesinar a otros, experimentar con nuestra
sangre y, más que nada, obtener nuestra fuerza.

Corría con mi abrigo blanco por el bosque cubierto
de nieve; apenas se podía encontrar a una persona.
Me hallaron los cazadores, o más bien los guardianes de Victo, pero cuando uno trató de agarrarme,

apareció Dimitrievch. Era más alto que yo, ya que era muy bajita y apenas podía alcanzar su pecho. Tenía brazos muy fuertes, ojos color café y cabello castaño, casi rubio.

—Ostavlyat (¡déjenla!).

—No, Dimitrievch ("Pero, Dimitrievch").

—Boss khochet zhit (El jefe la quiere con vida).

El hombre lo volvió a contradecir y Dimitrievch, velozmente, lo agarró por su garganta hasta levantarlo.

—Ya govoryu snova protivo Dimitrievch, ochevidno (No me vuelvas a contradecir, ¿está claro?).

—Da eer. Terper vayansen syeichas (Sí, señor. Ahora váyanse. ¡Ahora!).

Lo soltó y todos se fueros. Extendió su mano derecha para ayudarme a levantarme. Se había convertido en mi gran mentor.

—Escuché tu llamado —me dijo. Me gustaba cuando hablaba mi mismo idioma. Era más fácil de entenderlo, aunque tenía su acento ruso.

—¿Has tenido alguna noticia? —le pregunté.

—Un viejo amigo lo ha localizado en Inglaterra. Según él, su hija se encuentra estudiando en la vieja academia de Cambridge

Un gran enojo cruzó por mi mirada y me levanté, caminando hacia el centro de la terraza.

—Nikon ha pedido tu ayuda —me dijo.

—¿Qué debo de hacer? — Se acercó velozmente a mí.

—Infiltrarte, averiguar qué sabe.

—¿Irás conmigo?

—Sí. Exigió nuestra colaboración y la de Lázaro. Pero no podremos ir en el mismo vuelo. Tardaré un poco en lo que arreglo algunos asuntos con la Asociación de España —me dijo, y se fue sin despedirse, como acostumbraba a hacerlo.

¡Escoge entre la vida o muerte...!

En Inglaterra (volviendo al pasado)

Me invitó a cenar en el restaurante del hotel. La mesa tenía un mantel blanco con una pequeña vela en el centro. En eso se acercó uno de los meseros.

— ¿Ya eligieron sus platillos? — preguntó.

— Yo quiero la Rotas Jeff y, para la señorita...

— Nada. Gracias... — el mesero recogió el menú y se retiró a otra mesa.

— ¿Cómo te llamas?

— Emil.

— Hermoso nombre. Me llamo Marcus. Y Dime, ¿eres de por aquí?

— No, soy de Nueva Orleans, pero me mudé hace unos años aquí.

Llegó el mesero y le abrió la botella de vino, sirviéndole un poco en la copa de cristal.

— ¿Y qué te trajo por aquí? A juzgar por su forma de vestir y sus maletas, usted no es de acá, ¿cierto? — le pregunté yo a él, y sonrió.

—Aunque no lo crea, soy de aquí. Acabé de llegar de un viaje de negocios.

—¿Por qué se hospedó en este hotel, acaso no tiene una familia?

Levantó su copa y le dio un sorbo.

—No. Mi padre me abandonó y mi madre murió hace unos años…

—Lo lamento, no era mi intención.

—No hay por qué. De hecho, tengo una hermana que vive aquí. Esa es una de las razones por las que he venido: a visitarla. Según ella, tiene noticias que contarme.

—¿Y usted? —me preguntó.

—Mi madre y mi padre murieron.

—Te doy mis condolencias.

—Descuide, ya me acostumbré.

En eso llegó el mesero con el platillo. Lo colocó sobre la mesa y se retiró.

—Dónde está tu prometido —me preguntó.

—¿Perdón?

—Que descortés soy. A juzgar por el anillo que trae puesto, debe estar casada.

Miré el anillo y lo saqué de mi dedo, dejándolo sobre la mesa.

—No. Esa relación se acabó — él sonrió.

Pasaron varios meses y Marcus y yo salíamos todas las noches; cuando no hacía tanto sol salíamos también de día. Él me mostró su casa y su hermoso piano. Tomé asiento y lo toqué.

Así el tiempo iba pasando; poco a poco, mis temores se iban alejando, pues había encontrado un nuevo amigo, al cual no le produje ningún daño. Íbamos a algunos bailes de alta sociedad, conocí a distintas personas y logré hacer amistad con ellas.

Un día alguien tocó a mi puerta.

—¿Usted es Emil?

—Sí, ¿quién me busca?

—Soy el mensajero del Guardián de Cambridge.

—¿Desea pasar?

—Aceptaría su invitación, pero me urgen otros asuntos —sacó una carta de su bolsillo y me la entregó.

— Esto es para usted, la esperamos…

Miré el sello de la carta, era de la realeza. La carroza se marchó de mi casa y cerré la puerta.

Castillo de Cambridge

Una noche no pude visitar a Marcus debido a que tenía asuntos que arreglar con vampiros. Era la morada de unos guardianes de la realeza y me encontraba sentada junto a otros vampiros mucho mayores que yo, en una mesa rectangular con 12 sillas alrededor y un mantel rojo que la cubría. Había por todas partes candelabros encendidos

—Buenas noches a todos los presentes —dijo uno—, soy el guardián Dominio, para aquellos que no me conozcan.

Por dios, era demasiado guapo, bastante alto, de piel extremadamente pálida, con el cabello rubio y sus ojos azul celestes. Tenía las uñas un poco largas y una sortija en su mano con un emblema.

—Hemos pedido sus presencias —continuó—, debido a que la realeza se ha visto envuelta en asuntos delicados. Nos hemos enterado de que hay traidores en ella.

—¿Qué tiene que ver esto con nosotros? —dijo uno de los presentes.

El guardián, velozmente, llegó al lado del caballero con un papel en la mano y lo levantó.

—¿Ven este papel medio quemado?, es una de las cartas que logramos recuperar de los traidores.

—¿Qué dice mi señor? —dijo una de las tres mujeres, de características asiáticas, que se encontraba cerca de mí.

—Aquí lleva escrito todas las estrategias de nuestro rey.

—¡Es absurdo! Nos interrumpes para decirnos esto. Su trabajo en saber —dijo un hombre mayor, un poco gordo, cubierto por bellos faciales. El guardián se enojó y golpeó la mesa fuertemente.

—¡Absurdo! ¡Se cree que unos de sus creadores haya sido el traidor y que sea parte de 12 legiones! Eso sería algo idóneo, pero no es así. Dígame, Mariluz, ¿cuándo fue creado?

Se dirigió al señor gordo.

—En 1567...

—¿Y su creador dónde está?

—Salió por asuntos de negocios con su padre Bioslovk —bajó la cabeza haciendo una corta reverencia.

—Muchos de sus creadores ya no están, por asuntos de la realeza o por otros asuntos que no tiene que ver con ello.

Tuve una premonición. Logré ver que Marcus estaba caminado por las calles cerca del bosque y que fue atacado en la garganta por un animal muy grande. Salí corriendo del lugar en busca de mi amigo. En el bosque escuché unos gritos de él y pude oler su sangre desde donde yo me encontraba. Corrí y lo encontré tirado en el suelo, con tres profundos cortes desde su garganta hasta su abdomen, todo cubierto de sangre. Con una pistola en la mano.

Me lo llevé hasta mi casa, lo acosté en mi cama y puncé mis colmillos en mi muñeca.

—¿Qué eres? — dijo casi agonizando de dolor.

—Bebe… Si no lo haces, vas a morir.

Acercó sus labios y bebió de mi sangre. A la siguiente noche lo encontré levantado, observando desde mi ventana.

—Veo que estás levantado. Debes tener hambre. Mira, te traje algo para comer — levantó su camisa y observó las largas cicatrices que le habían quedado.

—Descuida, tardarán en sanar —le dije y coloqué la bandeja llena de comida en la mesa que se encontraba cerca de mi cama.

—¿Qué eres? —me preguntó. Yo me senté en la cama.

—Una vampiresa…

—Quiero ser como tú — me pidió. Yo me enojé y me levanté de la cama.

—¡No sabes lo que estás diciendo!

—Déjame acompañarte y protegerte para que nunca estés sola.

Aunque estaba molesta, tenía razón, ya era hora de tener un protector. Me le acerqué velozmente.

—¿Seguro que deseas esto?

— Sí —me dijo.

— Sígueme, te enseñaré algo —se vistió y nos fuimos de la casa.

Lo llevé a la ciudad. Cruzamos por "La casa de placer de Lulu". Por suerte, una prostituta salió de la casa a botar algunas cosas.

—¿Qué hacemos aquí?

—Ya verás, sígueme —corría hacia donde estaba la joven de pechos grandes, en aquel callejón, sin que nadie nos pudiera observar.

—Hola — la joven se asustó.

—Hola, señorita….

Marcus se escondió un poco más atrás de mí. Me le acerqué a la joven, cerré sus labios y la mordí en su hombro. Ella gritaba como un animal. Me detuve hasta dejarla caer en el suelo, muerta.

—¿Esto es lo que tú deseas ser, un animal? — dirigí la mirada a Marcus, tenía sangre en mis labios.

—No me importa.

Lo arrinconé en la pared, lo sostuve por el cabello y mordí su cuello. Estaba gritando bajo, sin que nadie lo escuchara.

Solo yo podría escuchar sus gritos. Solo yo podía sentir su miedo. Su sangre era dulce como la miel. Suave como la melaza enriquecida por los dioses.

Se desmayó y, cuando despertó, estaba en la playa junto a él. Estaba muy pálido y apenas podía hablar.

—¿Dónde estamos?

—En la playa —trató de levantarse, pero apenas tenía fuerzas para hacerlo. Le di de mi sangre, él rozó sus labios por mi muñeca hasta drenarme casi completamente. Tuve que apartarle mi muñeca, ya que él no paraba. Comenzó a andar por la arena gritando, hasta que su corazón se detuvo.

—Marcus… —su piel era más pálida de lo natural, su cabello cobró brillo y más oscuridad y sus ojos se tornaron más claros.

—Quiero más… —se levantó de manera malévola.

Esa noche le enseñé lo que es ser vampiro. Caminamos juntos por la playa, conociéndonos un poco más.

—¿Cómo es que aprendiste tan bien a hablar mi idioma? —le pregunté. Este Sonrió.

—Por mi tía Valentina Daniel… ¿Puedo hacerte una pregunta?

—Sí, adelante.

—¿Qué sucedió con tu prometido?

No podía mentirle.

—Marcus, hace mucho que no sé de él. Ni tampoco quiero saber.

Él me interrumpió.

—Te lastimó… ¿no es así?

—Sí… de hecho me enamoré perdidamente de él… Ese amor solo me trajo desgracias.

—¿Fue él quien te convirtió en esto?

Traté de controlar mis lágrimas y logré suspirar.

—Marcus…era una joven dulce, ingenua. Él me propuso matrimonio y acepté ser su esposa…

—Contesta mi pregunta.

—De hecho, sí… Esa noche, después de haberme casado, Lucy, unas de las doncellas, envenenó a mi madre. Enloquecí de odio e intenté acabar con mi vida y mi prometido me convirtió en lo que soy. Una maldita vampiresa. Estoy enojada por la cabrona vida que llevo hasta hora. Después de cinco noches, encontré a Lucy. Traté de matarla y él y su familia me lo impidieron. Le propuse que estuviera conmigo, pero no me apoyó.

—Pero, ¿por qué eres tan dura contigo misma? Te prometo que nada será igual…

—Aún no sabes de lo que podría ser capaz. No sé si matarte o dejarte vivir en este infierno que vivo cada noche. Ven, debes tener hambre —salí corriendo y él me siguió.

Festín y sexo…

En los meses siguientes le mostré cómo era el mundo realmente Viajábamos por toda Europa, de este a oeste y de sur a norte. Asesinábamos por las noches a alguien, en callejones, casas de placer, detrás de bares y en nuestro propio hogar.

No hace falta conocer el mundo en días, sino en horas… No hace falta conocer a alguien para saber si existe o si es real.

Le enseñé cómo cazar en la alta sociedad sin necesidad de armar un escándalo. A ser cauteloso con los más mediocres, con las ganas de asesinar a sus amigos o familiares. Con el deseo de arrancar sus cabezas de sus cuellos. Le enseñé también cómo asesinar a los imprudentes. A las prostitutas, mujeres que mostraban sus senos bien firmes y sus partes por dinero en las tabernas, donde se encontraba hombres que vendías su alma. A quienes nos seguían con la mirada, cómo desgarrar sus hermosos cuellos, vientres, manos, corazón.

Todo esto se lo enseñé visitando lugares diferentes, bebiendo, bailando con personas de distintas clases sociales, conociendo sus miedos, siendo amigos de sus pensamientos y haciendo enemigos con nuestro propio ser. Pero nuestra especialidad era la clase alta, porque podíamos sentir sus miedos, sus deseos ocultos, conocer sus secretos, su hipocresía ante los ojos del mundo, las mentiras que decían una y otra vez. Para dejarlos sin nada más que sus podridos y asquerosos corazones.

Meses más tarde…

Los meses se convertían en años, pero yo estaba decidía a volver Italia.

Aún la maldita de Lucy no se me iba de mi mente. Se podría decir que el destino tenía algo preparado para mí, pero aún no sabía qué era.

Al subir el bote de vapor rumbo a Italia, me quedé observando las hermosas aguas del mediterráneo. Marcus se sentó junto a mí en aquella mesa que tenía vista al océano.

—¿Ves a esa hermosa mujer? — y me señaló a una mujer morena de buenas curvas, —no deja de mirarme, cómo me encantaría probar su dulce pureza… Pero tengo un regalo para ti.

—¿Un regalo para mí?

—Cierra tus ojos y extiendes tus manos.

—¿Marcus?

—Solo cierras tus ojos — abrí mi mano y colocó algo pesado en ellas.

—Ahora ábrelos — Era un hermoso cuaderno para escribir, de color marrón.

—¿Qué piensas?

122

—Es hermoso… Gracias

—Ahora podrás escribir en un cuaderno mucho más nuevo que ese horrible cuaderno que tienes —se rio. Me levanté de la silla y lo abracé.

—Ahora podrás escribir tu historia, una que todo el mundo podrá leer.

—Aquella mujer me está observando. Esto de ser vampiro me está comenzando a gustar. ¿Irás al baile esta noche? —me preguntó.

—No… estoy cansada, me quedaré escribiendo.

Él se fue con aquella joven morena.

Marché al salón de baile, el cual estaba todo arreglado. Al entrar había muchas personas bailando y festejando en aquel gigantesco lugar.

Desde lejos, aquellos caballeros me observaban con deseo, pero ninguno se atrevía a pedirme que bailara con él. Encontré a Marcus bailando con una jovencita. Se quedó observándome, entonces dejó a la joven y se me acercó.

—Te ves hermosa. ¿Quieres bailar conmigo?

—Se —él sonrió.

Nos acercamos al centro del salón y comenzamos a bailar.

—¿Qué te hizo cambiar de opinión?

—Estaba aburrida allá arriba y pensé que es una linda noche para bailar... —se sonrojó e hizo un gesto burlón. ¿A ti qué te sucede?

—No es nada, solo que te ves hermosa y tengo hambre —por un momento pensé que se iba a desmayar. Me detuve

—¿Qué sucede?

—Comienzo a sentirme diferente.

—Vayamos a tomar un poco de aire fresco —le sostuve la mano y nos fuimos afuera del barco. Llegando, Marcus me tomó de la mano.

—Lo siento, pero te amo, Emil.

—No sé qué decir, Marcus, yo estoy o más bien…. — me puso su pulgar en mis labios para callarme y me rodeó con su otra mano por la cintura, luego me besó. Apretó su cuerpo junto al mío y me cargó, llevándome hasta mi habitación. Se detuvo por unos segundos, yo le quité su camisa y la arrojé al suelo. Admiré su hermosa musculatura y su perfecto abdomen… sus pectorales… sus brazos rodeándome por toda mi cintura. Era hermoso vivir eso. Él me desabrochaba mi vestido con gran facilidad hasta dejarme completamente desnuda junto a él. Lo arrojé a la cama. Me senté encima de él hasta quedar frente a su rostro. Saqué mi colmillo y los puncé en él. Giramos hasta que cambiamos de posición, él quedó encima de mí y sus manos acariciaban mis piernas hasta que su boca descendió en mi abdomen, mordiéndome. Luego ascendió hasta mi cuello, mientras que una de sus manos se mantuvo dentro de mí y yo gritaba de placer. Punzó sus colmillos en mi cuello mientras su sexo quedaba erecto dentro de mí.

Eres un maldito, ¡malditas mentiras!

Pasamos la noche juntos; en la mañana alguien tocó a la puerta y me entregó una carta. Era de Gabriel.

30 de abril de 1788

Querida Emil:

¿Cómo has estado? Una vez más he recibido tus cartas. Me place decirte que hemos capturado a Lucy. La encontramos en las afueras de Londres, en su campamento gitano. No hemos podido encontrar a su hermano, quien le compró el veneno a ella. Tristhan ha preguntado por ti en estos últimos años. Solo nos falta tu presencia para hacer justicia a tu madre. Bienvenida seas en nuestra morada. Te esperamos con ansias.

Tu amigo,

Gabriel Nataniel

Cerré la carta y observé a Marcus desnudo en la cama. Era curioso, tenía una marca en la espalda.

Era hora de salir de la cueva y enfrentar mis temores. Tomé un papel y lápiz, me senté en la mesa y escribí:

Querido Marcus:

Gracias por lo de anoche. Es hora de enfrentar mis temores. Continúa con tu vida, podrás encontrarás hermosas mujeres que te sabrán corresponder. No me sigas ni me busques, porque estaré donde todo dio inicio y donde todo acabará.

Tu querida amiga, Emil Rogers

Dejé la nota encima del espejo, tomé mis maletas y marché rumbo a Inglaterra, mi antiguo hogar. Al fin terminaría con este infierno y con mis temores.

Hacía como seis años que no tenía noticias de Tristhan ni de su familia, desde esa maldita noche en la que me falló. Me dejó ir sola. Sin nada más que hacer… sin nada más que decir… sin nada más que la soledad de mi ser. Los recuerdos me hacen odiarlo, pero a la vez me hacen amarlo.

Casa de los Nataniel…

Cuando llegué, estaban todos esperándome en la sala, haciendo un brindis por mi llegada. Esta misma noche se cumplían seis años de la muerte de mi madre. Ahora podría vengar su muerte.

—Bienvenida seas de vuelta, hija —dijo Edward.

Mientras, Gabriel se me acercó corriendo y me dio un abrazo.

—¡Emil! Te ves más hermosa que nunca. Veo que ese viaje te hizo bien.

Elizabeth me preguntó: ¿Cómo has estado?

—Mejor que nunca -le respondí—. ¿Dónde está él?

—Esta en su recámara. Hija, después tendremos tiempo de conversar.

Me incliné para llevarme mis maletas y Danied se me acercó.

—Emil, te ves hermosa. No te preocupes, yo me llevo tus maletas. Ve, él te está esperando.

Al entrar a la habitación, vi que estaba llena de velas encendidas, pero aquel cuadro perturbador de

Fernanda había sido retirado. Tristhan estaba sentado en la cama, de espaldas para no verme, escondiéndose de su propio dolor.

—Hola, Tristhan... —lo saludé.

—¿Emil?...

Se me acercó y me tocó el rostro salvajemente. Tenía los ojos rojos y lloraba sangre.

—¡Eres tú! Creí que estabas muerta...

—No —le dije.

Cuando fui a salir de su recámara, él tomó un cuchillo que estaba encima de su cama, se arrodilló en el suelo y me dijo:

Toma mi alma, porque ya está negra.

Tomas mis labios, porque quieren ser callados por la decepción de las palabras.

Tomas mis manos y arráncamelas, porque ya no quiero sentir el dolor, solo la muerte.

Toma mi sangre, que es mi vida, porque no quiero vivir en este infierno en que vivo cada segundo

Toma mi alma, para que no la pueda encontrar; llamo a la muerte porque no tengo más amiga que la soledad que me acompaña cada día... Porque te amo.

Si la única forma de poder demostraste que te sigo amando es esta, la haré

Levantó su cuchillo y trató de enterrarlo en su corazón, pero yo corrí lo más rápido que pude y se lo quité. Él cayó en el suelo gritando.

—Perdóname… —me dijo, y se aferró a mis brazos.

—Te perdono… Escúchame… te amo —coloqué mis dos manos en sus mejillas.

—¿Qué? —me preguntó desconcertado.

—Te amo —le repetí.

—Te amo y daría mi vida por ti —le dije y lo besé para poder callar su dolor, secar sus lágrimas y vivir su muerte.

Entonces me llevó hasta la cama y me hizo el amor.

A la noche siguiente Tristhan me acariciaba el cabello y Gabriel, con una antorcha en la mano, abrió salvajemente nuestra puerta.

—¿Qué sucede? — preguntó Tristhan asustado.

—Es ella.

Nos levantamos de la cama y fuimos hacia una vieja fortaleza que se encontraba cerca de la villa. Caminamos por los pasillos.

—¿Cómo la encontraron? —pregunté.

—Los hombres del rey la vieron en Londres y luego…

Tristhan interrumpió.

—Eso quiere decir que hay traidores…

—Eso me temo… —al escuchar eso, recordé lo que dijo el guardián de Cambridge, Dominio: "Hay traidores en la realeza".

—¿Nuestros padres dónde están?

— Tuvieron que asistir a la reunión

—¿Y Danied?

—En las fortalezas con Lucy.

Corrimos a gran velocidad por todo el bosque hasta llegar al lugar.

Fortaleza en ruinas…

Esa noche al fin podría arrancarle la puta cabeza a Lucy. Al entrar, la encontré en un enorme cala- bozo, amarrada en una silla, con un paño en su boca, toda golpeada. Al verla, Tristhan me sostuvo la mano para que no hiciera nada estúpido hasta que llegaran los reyes e hicieran justicia.

Gabriel le destapó la boca y ella me habló:

—Emil, ha pasado tanto Tiempo. ¿Cómo has es- tado?

Una gran ira corrió por mis venas.

—¡Eres una maldita! Púdrete en el infierno.

—No más de aquel en que vives tú —me dijo y sa- lió de sus labios una fuerte carcajada.

Danied la golpeó y ella escupió sangre.

—Vaya, veo que hicieron las pases… con sexo.

Unos aullidos de lobos se escucharon fuera de la fortaleza.

—Creo haber escuchado algo, como unos aullidos. Vengo rápido… Ven, Danied —dijo Gabriel antes de marcharse.

—Deja que lleguen los reyes y desearás no haber matado a su madre.

—Ja ja ja —rió Lucy.

— Eres una maldita insolente… ¿Quién te envió?

Lucy dirigió su mirada hacia mí.

— ¿Cómo te fue en Venecia? —me preguntó.

Me sorprendió lo que me había preguntado.

— Sabes de lo que te hablo… Digamos que un amigo me ha contado lo que has hecho estos últimos años.

—¿De qué hablas?

—¿Aún no le has contado…? —me dijo dirigiendo su vista hacia Tristhan—. Vaya, pero qué sorpresa… Anda, pregúntale qué estuvo haciendo estos últimos años.

—¿Emil, de qué habla ella?

— Tristhan, yo… Es que yo … No te he sido sincera cuando te dije que estos últimos años había estado sola. ¿Recuerdas la noche en que me dejaste ir? Conocí a alguien…

—¿A un amigo o a un amante? —me preguntó Tristhan

—No sabría qué decir. Eso no fue lo peor…

—Su nuevo amante —dijo Lucy con una carcajada.

—¿Lo convertiste en un vampiro, Emil?... ¿Lo convertiste o no?

—Sí…

Sus facciones cambiaron, sus ojos se pusieron rojos, estaba bastante molesto.

—Lo peor fue… —intenté decirle, pero él me interrumpió.

—¿Qué?

—Me acosté con él…Tristhan … Es que yo…

—¿Ves?, es igual que su puta madre —dijo Lucy riéndose. Y corrí rápidamente y le golpeé el rostro.

—Eres una maldita.

  Alguien entró al calabozo. Era Marcus cubierto de sangre.

—¿Quién demonios eres tú? —pregunto Tristhan.

—Soy Marcus…

—Hola, Marcus

—Hola, Lucy —dijo Marcus.

—¿La conoces? —pregunté.

Marcus se limpió los labios con la camisa que traía y se acercó a Lucy.

—Ja ja ja, ¿conocerla? Es mi hermana.

—Eres un maldito —le dije—. Confié en ti… te di mi vida y así es como me pagas, engañándome.

¿Lo de aquella noche era una mentira? —pregunté furiosa.

—Ja ja ja... fue solo actuación. De veras tienes que aprender cómo diferenciar entre una verdad y una mentira. Pero pregúntale a Tristhan, que es bueno en eso.

—¿De qué hablas? —dijo Tristhan.

—Hace par de años atrás, en España —habló Marcus—, ¿el nombre de Fernanda te suena familiar?

Tristhan volvió a recordar aquella noche en que había encontrado a Fernanda con otro. Recordó a aquel caballero con quien se iba a casar Fernanda. ¡Era Marcus!

—¡Tú!...

—Así es...

—Marcos Thomas.

—Sí, el mismo... Tú eres el culpable de su muerte, y de habérmela quitado.

—No es lo que tú piensas —me dijo.

—Ah, ¿no es lo que yo pienso? Te vi con ella unas semanas ante de casarme. Esa noche había ido a su casa. Subí hasta su habitación y encontré sus ropas en el suelo y a ustedes dos en la cama, desnudos, haciendo el amor. Pero Lucy siempre fue buena conmigo. Antes de trabajar con su familia, ella trabajaba para la familia de Fernanda. Me robaste a mi prometida.

Caminaba en círculos al lado de Lucy, mientras Tristhan me sujetaba de la cintura. Quería sorprenderlo, pero ella sujetó mi mano para que no lo hiciera. El día de nuestra boda busqué a Fernanda, pero era demasiado tarde, se había quitado la vida.

—Lo siento, no tenía idea que eras tú. Lo lamento…

—¡Lo lamentas! —dijo y se colocó detrás de Lucy, tratando de desamarrarla. Mientras que observaba a Tristhan.

—Como me quitaste a mi amada… así que te voy a quitar a la tuya.

De pronto escuché un ruido afuera y salí. Era Danied cubierto de sangre, tenía una grave herida en el vientre y se arrastraba por el suelo.

—Pero, ¿por qué a mi madre? Ella no tuvo nada que ver con eso.

—Lucy, ¿por qué no le dices realmente cuál fue el motivo por el que la mataste?

—¿De qué hablas?

—Fue por equivocación; la bebida era para ti. Pero tu madre se empeñó en tomársela antes que tú. Así que… —la interrumpí.

—Eres una maldita...

—Pobre Emil, sigue siendo una niña ingenua.

Danied levantó un tubo y le dio a Marcus por la cabeza. Este lo tomó por su garganta y lo lanzó hacia la pared, dejándolo inconsciente. Fuera del calabozo se escucharon los gritos de Gabriel. Marcus se escondió detrás de la puerta.

Gabriel entró con una antorcha en la mano y encontró Danied tirado en el suelo.

—¡Danied!...

Tiró la antorcha al suelo, que estaba cubierto por pajas. Tristhan apareció y sacó un cuchillo que tenía guardado en su espalda, el mismo que le regaló Fernanda.

—¡Tristhan! ¿Qué sucede? —preguntó Gabriel.

—¡Gabriel, no! Marcus levantó el tubo de hierro y le dio a Gabriel por la cabeza. Tristhan corrió velozmente y le encajó el cuchillo a Marcus en la espalda. Este lo levantó brutalmente y lo lanzó a la pared, hasta traspasarlo con el tubo que este había arrojado. Gabriel corrió hasta donde estaba Marcus para luchar contra él y yo fui donde estaba Lucy y la agarré por la garganta.

—Esto es por haber matado a mi madre —le dije, agarré su desgraciada garganta, la levanté y le quebranté su alma. Sucumbiendo así su putrefacción.

Gabriel sostenía a Marcus por la garganta hasta que le arrancó la cabeza de su lugar, salpicando de sangre toda la pared del calabozo.

Tristhan estaba tirado en el suelo, sin nada más que su maldita alma. Desolado, sin ninguna compañía, excepto la mía. Me le acerqué. Esa fue la última vez que sentía su amor vivo junto al mío. Me senté junto a él, desgarré un parte de mi vestido y la coloqué donde estaba su enorme herida. Lo complicado era que la herida estaba en el corazón. No había cómo sanarla.

Gabriel Levantó a su hermano Danied del suelo, mientras que este bebió de la sangre de Marcus.

—¿Qué sucede?

—Es Tristhan —dije. Todo parecía que hubiese llegada a su fin. "Donde comienza todo, acaba todo".

Danied se le acercó a Gabriel.

—¿Ahora qué vamos a hacer?

— Lo cargaremos… yo por lo brazos y tú por las piernas.

—Emil —dijo Tristhan llorando.

—Chicos, cállense… ¿Sí? Dime mi amor…

—Eres tan hermosa... Te amo. Pero tienes que dejarme ir.

Tomé un cuchillo que estaba cerca de mí y me corté las venas de mi brazo izquierdo. Extendí mi mano para que mi amado pudiese beber de mi sangre. Gabriel levantó su cabeza.

Tristhan bebía de mi sangre. Gabriel observó la herida, que no sanaba.

—Es inútil —me dijo y sacó mi mano de sus labios— le dio al corazón.

Acarició mi rostro y me pidió:

—No llores, Emil. Siempre estaremos unidos.

—Tristhan, es que... yo... no sé qué hacer sin ti...

Al lado de la puerta estaba tirada la antorcha, el fuego se esparció con facilidad quemando todo el lugar.

—Emil, te amo. Pase lo que pase, siempre estaré contigo.

Tristhan cerró sus ojos quedando inconsciente, muerto.

—Tristhan! Tristhan. ¡No! ¡Despierta!

Gabriel apoyó su mano en mi hombro.

—¡Vámonos! No hay más nada que hacer.

—¡No!

Danied me sostuvo. Yo no quería irme, pero este me aguantaba con mucha fuerza. En eso escuchamos a unas personas afuera, gritando:

—¡Fuego...! Alguien que traiga agua.

—Vámonos, Emil.

Gabriel salió primero, luego Danied y yo.

Fue la última vez que vi su hermoso rostro. El último recuerdo que tengo de él. El abandono es el peor sufrimiento para un vampiro.

Adiós al pasado. Hola, nueva vida…

Habían pasado dos semanas y nos encontrábamos todos en el cementerio, por la noche. El sacerdote rezaba ante el cadáver de mi amado. Todos sabíamos que no volvería a la vida, fue un maldito horror que persistió todos estos siglos dentro de mi interior.

—Querido Tristhan, dondequiera que te encuentres, descansa en paz —dijo el sacerdote y se acercó a los padres de Tristhan a darles sus condolencias. Mientras, yo me encontraba un tanto lejos de la familia. Todos arrojaron rosas rojas al ataúd y los trabajadores dieron inicio a su entierro. Al concluir la ceremonia, todos se marcharon y solo quedé yo. Le arrojé en su tumba el collar con un pequeño relicario con una foto mía dentro, que me había regalado mi madre. Cuando iba a partir, apareció Gabriel.

—¿Te vas tan pronto? —me preguntó.

—No tengo nada que hacer aquí.

—Te vamos a extrañar.

—No me cabe la menor duda —le di la espalda y, cuando me iba a ir, me dijo.

—Hasta él te extrañara —lo observé por encima de mi hombro.

—Adiós, Emil— dije, y me marché con todo el odio que me aguardaba.

Qué más puedo decir si mi vida se ha acabado. Siento que todo lo que amo ha muerto en vano. Vano es quedarme sola navegando en la oscuridad de la noche, sin conocer nada más que el susurro del viento llevándome hasta donde debo ir.

Pasaron varias noches. No había recibido noticias de la familia Nataniel, solo tenía en mis manos la carta que me había escrito Gabriel, la última que había recibido de la familia.

Entonces decidí hacerles la última visita a Gabriel y a Danied y fui hacia su morada. Quise esperar a Gabriel en la terraza del cuarto de Tristhan.

—Sabía que volverías…. —dijo Gabriel acercándose a mí.

—No, Gabriel, esta es mi última visita. Me voy.

—¿Adónde te irás? Ya no tienes a nadie más, excepto a mi hermano y a mí.

—Nunca estaré sola. Ahora ustedes son mi familia. Necesito tiempo.

—¿Tiempo para qué?

En ese momento llegó Danied; traía un collar en la mano con un rubí.

—Para hacer mi propia vida. Quiero comenzar desde cero. Olvidarme que todo esto existió para. La muerte de mi padre, la muerte de mi madre…

Pero especialmente la de Tristhan. No habrá nadie que me haga sentir lo que sentía por tu hermano.

—Adiós… —les dije

—Cuídate.

Salí de la habitación y escuché la carroza que me aguardaba. Al subir en ella, Danied se me acercó:

—Esto era de mi hermano, me lo regaló cuando éramos niños. Quiero que lo tengas y lo cuides como yo lo cuidé estos doscientos años.

—Gracias, Danied.

—Espero que nos escribas.

—Lo haré…

La carroza se puso en marcha. Ahí habían quedado todas las mentiras, la traición, el dolor, el pasado.

2011. Ciudad de Nueva York

Me encontraba en lo alto de aquel edificio abandonado, inclinada, observando a los humanos. En la actualidad los vampiros se esconden fácilmente. Es triste ver cómo las mujeres se entregan más por sexo y dinero. Cómo los hombres suelen ser más perversos en el amor. Cómo los niños son tratados como esclavos. Cómo los viejos son olvidados en los hospitales. Ver a todas las personas enviando textos por celulares. Las mentiras vuelan con facilidad. Se perdieron los valores de mi tiempo, estos son tiempos nuevos.

Tenía una corazonada, como si Tristhan aún estuviera vivo, como si hubiese salido del cementerio y su familia lo hubiese encontrado observando la luna. Miré mi collar y lo recordé a él. Pero ahora, más que nada, comenzaría la rebelión de un nuevo y oscuro mundo dentro. Se escucharon unos aullidos de hombres lobos… del amor en la oscuridad.…